1950 年代的中環德輔道中，可以見到「味の素」的招牌（張順光先生提供）

本書附贈 MP3 錄音，

請掃描二維碼或登錄網站獲取：

https://www.jpchinese.org/cantonese。

港式日語

ニホンコン語

香港日文大搜查，
懷舊、日常、新興３００例！

日本生まれ、
香港育ちの日本語３００例！

片岡 新　李燕萍 編著

三聯書店(香港)有限公司　Joint Publishing (H.K.) Co., Ltd.

目次

☆ 語法結構

第三章 新興 あたらしいことば

☆ 人

☆ 地方

導言

香港是一座國際城市，香港人說的廣東話中就有不少外來語。除了從英語借來之外，從二十世紀六十年代開始，港式日語在香港萌芽，到了二十一世紀，很多港式日語已經成為香港的日常用語，有些還進入中國內地乃至整個華文世界，成為華語常用詞。近些年，本來只有年輕人使用的部分新興港式日語，在廣告及傳媒的出現頻率也越來越高。

本書介紹三百個港式日語，主要適用於那些想瞭解自己母語的香港青少年及大眾讀者、想瞭解港式日語的華人或想學習日語的華人，以及想研究港式日語的學者。

我們將三百個港式日語詞或詞組按時序分為懷舊、常見、新興這三大類。需要特別說明的是，懷舊並不代表過時，反而更能體現語言融合中被固定下來的詞彙形式。每一大類再按照人、地方、日常、飲食、娛樂、廣告、語法結構等分為小類排序。

第一類：懷舊港式日語

二十世紀六十年代起，港式日語開始在香港出現。一九六〇年大丸百貨公司在銅鑼灣開業後大受歡迎，很多日本公司都來香港做生意；日本人發明的電飯煲，一九六五年香港的進口量接近九萬台之多。與之對應的港式日語詞「大丸」、「電飯煲」便為人所熟識。除了借用日本詞語，香港人開始在借用後發展出本地新的意思，例如：《二人世界》本來是電視劇，香港人借用這個劇名來形容「情侶」。七十年代開始，電視劇《青春火花》、電影《盲俠》、日本卡通片《小丸子》、「卡拉OK」、電子遊戲「他媽哥池」都成為香港人的最佳娛樂。「百力滋」、「樂天熊仔餅」成為小朋友喜愛的零食。與此同時，香港人也開始認識「阿信」、「太郎」這些日本名字。我們找到不少在二〇〇〇年之前香港各大報章及網絡上出現頻率較高、到二〇二三年仍然使用的港式日語。最後我們選錄了五十 個詞，約佔全書三百個詞或詞組的百分之十七。

第二類：常見港式日語

香港人喜歡買日本貨。二〇〇一年日本是香港第二大的進口供應地。香港人不但喜歡在香港買日本貨，也熱衷旅遊購物，特別是在二〇〇四年，日本政府開始免簽證，加上日圓大跌，很多香港人都直接到日本旅遊購物。二〇一六年至二〇一九年到日本的香港人數連續三年都超過兩百萬人。學習日語的人數亦不斷增加，二〇一九年十二月香港和澳門報考日本語能力測試的人數接近八千。我們在二〇〇〇年至二〇二三年所看見、聽見有關飲食的港式日語詞很多，例如：丼、迴轉壽司等。我們發現香港人不但借用了日本詞語，而且開始借用日語語法結構，例如：大〇〇（大割引）、〇〇祭（感謝祭）。香港廣告商也借用不少日本用語，例如：登場、放題。為了確定這些港式日語已經是香港人常見、常用的，我們以網絡出現頻率較高的例證作為輔證。最後我們選錄了一百個詞，約佔全書三百個詞或詞組的百分之三十三。

第三類：新興港式日語

新冠肺炎疫情期間很多本地商店倒閉，但是仍不斷有新的日本過江龍來香港開業，包括：拉麵店、居酒屋、咖啡店、超市。雖然疫情期間香港人與日本人接觸機會不多，但在網絡上香港人仍然在追日本潮語，例如：斷捨離、佛系等。有很多新興的港式日語詞在喜愛日本的年輕人中間流行，有些已經引起傳媒注意和報導，有些被香港商人借用作廣告術語。我們發現有關飲食的新興詞最多，例如：豚肉、野菜等。借用日語語法結構的新興詞也非常多，例如：〇〇控（蘿莉控）、〇〇賞（消費賞）。為了確定這些港式日語已加入香港新興詞的行列，網絡上出現頻率較高的詞語我們才採用。至於那些借用日語語音的詞，像我們在日本餐廳、麵包店、理髮店等地方常聽到店員說的，例如：日文「irasshaimase」（歡迎光臨），這些詞我們亦收錄。最後我們選錄了一百五十個詞，佔全書三百個詞或詞組的百分之五十。

另外，還有一些港式日語詞雖然在使用頻率和場景上，未及前述三百個詞那麼高、那麼廣，但也越來越為人所熟識，反映出共時層面中語言文化的接觸、融合與演變。因此，我們也酌情選錄了三十個詞，作為附錄一，方便讀者參考。

我們期待讀者看了這本書後可以深入瞭解這些港式日語，而學習日語的華人能夠更快學會日語。另外，我們更希望這本書可以對專家學者的語言研究起到拋磚引玉的作用。

片岡 新、李燕萍

二〇二三年五月

使用說明

☆詞條形式①

港式日語詞借用日語漢字，附加粵拼（香港語言學學會粵語拼音方案）。

001

Ji⁶ 二 Jan⁴ 人 Sai³ 世 Gaai³ 界

日本語 二人の世界 futari no sekai

借用形式

借用日文全部漢字後，刪除「の」。

形 ● 音 意 改

《二人世界》是一九七〇年代的日本愛情電視劇。當時日本漸漸由傳統大家庭變為夫婦兩人，享受自己的小天地，《二人世界》正好反映了當時生活型態的轉變。香港人借用「二人世界」這一詞來代表只屬情侶的世界，出現在有關：一、拍拖的地方，例如：二人世界情侶活動推介；二、拍拖活動推介，例如：情人節二人世界好去處；三、歌曲，例如：鍾嘉欣、林子祥、草蜢組台、陳柏宇先後唱的歌都叫《二人世界》；四、優惠，例如：二人世界酒店快閃優惠。

港式日語例句

阿媽：你點解諗住唔生仔嘅？

你為甚麼打算不生孩子呢？

阿女：生咗仔就冇咗同老公嘅二人世界喎。

生了小孩就沒有了跟老公的二人世界嘛。

日語例句

私は昔竹脇無我の『二人の世界』が大好きでした。

我曾經很喜歡看竹脇無我演的《二人世界》。

人・形容人 008

☆日文來源

被港式日語詞借用的日語詞、附加日語拼音（ローマ字）

☆日語例句

為了讀者瞭解港式日語與被借用日語詞的異同，附加日語例句及中文書面語對照。

☆港式日語例句

為了幫助讀者瞭解港式日語在香港聽到及看到的使用情況，附加例句。非粵語人士通過中文書面語對照可以理解粵語口語例子。

☆ **詞條形式②**

港式日語詞借用日語拼音（ローマ字），附加粵拼。

178

Irasshaimase

Ji^3 Lat^1 Sai^1 Maa^1 Se^4

日本語 いらっしゃいませ

irasshaimase

在日本的商店，客人一進門，店員就說 irasshaimase 來表示「歡迎光臨」。香港越來越多日本餐廳、日式理髮店、日式麵包店的店員都會說 irasshaimase。很多香港人開始時聽不懂，以為是店員的暗號。由於 irasshaimase 很難唸，有些網民在網上寫出他們聽到的音來討論，例如：二一三一四、二奶生孖蛇、意啦沙衣乜些等。實際上日文「r」類似「l」，irasshaimase 用廣東話唸成「意甩西孖蛇」比較接近。

借用形式

音譯日文「いらっしゃいませ」及借用日文羅馬字「irasshaimase」拼寫。

形 | 音 ● | 意 | 改

日常・表達 146

☆ **詞語解釋**

解釋港式日語的來源及其在香港的用法。

☆ **借用形式**

用八種符號 ● ◐ ✚ ⊕ ▲ ◭ ✸ ✳ 標示借用形式（詳情參見附錄二）。

本書附贈 MP3 錄音，請掃描二維碼或登錄網站獲取：https://www.jpchinese.org/cantonese。

第一章　懷舊

なつかしいことば

那些陪你長大的港式日語

001

二 人 世 界
Ji6 Jan4 Sai3 Gaai3

日本語

二人の世界
futari no sekai

《二人世界》是一九七〇年代的日本愛情電視劇。當時日本漸漸由傳統大家庭變為夫婦兩人，享受自己的小天地，《二人世界》正好反映了當時生活型態的轉變。香港人借用「二人世界」這一詞來代表只屬情侶的世界，出現在有關：一、拍拖的地方，例如：二人世界情侶活動推介；二、拍拖活動推介，例如：情人節二人世界好去處；三、歌曲，例如：鍾嘉欣、林子祥、草蜢組合、陳柏宇先後唱的歌都叫《二人世界》；四、優惠，例如：二人世界酒店快閃優惠。

借用形式

借用日文全部漢字後，刪除「の」。

形● | 音 | 意 | 改

港式日語例句

阿媽：你點解諗住唔生仔嘅？
你為甚麼打算不生孩子呢？

阿女：生咗仔就冇咗同老公嘅二人世界喇喎。
生了小孩就沒有了跟老公的二人世界嘛。

日語例句

私は昔竹脇無我の『二人の世界』が大好きでした。
我曾經很喜歡看竹脇無我演的《二人世界》。

002

Maang4 Hap6
盲俠

日本語

座頭市

Zatōichi

香港翻譯成「盲俠」屬於全部改寫。

形 — 音 — 意 — 改▲

盲人俠客電影「座頭市」系列在香港翻譯成「座頭市」、「盲俠座頭市」、「盲俠」。一九六五年的《座頭市喧嘩旅》香港叫《盲俠聽聲劍》。中日合作的電影《盲俠大戰獨臂刀》於一九七一年上映。二〇〇四年製作的VCD在香港叫《盲俠座頭市》。近年「盲俠」用來形容表現出眾的視障人士，例如：二〇一八年香港電台製作了一個介紹傑出視障人士的節目叫做《盲俠道》，二〇二〇年電視台又播出一套電視劇《盲俠大律師》。「盲俠」又用來作活動名稱，例如：「二〇二一奧比斯盲俠行」籌款是為了支持全球救盲工作。

借用形式

「座頭市」電影改編自日本作家子母澤寬的小說。

港式日語例句

聽眾甲：香港電台有個由盲俠製作嘅節目喎。

香港電台有一個由盲俠製作的節目。

聽眾乙：個啲盲俠以自己嘅經驗嚟分享佢哋喺音樂、運動嘅世界。

那些盲俠以自己的經驗來分享他們在音樂、運動的世界。

日語例句

子供の頃私はよく座頭市が刀を取り出す真似をした。

小時候我經常模仿盲俠拿刀出來的樣子。

003

Aa³

阿信

Seon³

日本語

おしん

Oshin

《阿信》是日本真人真事的電視劇，講述了一個貧窮女人白手興家的故事。她一九三〇年創辦「八佰伴商店」，一九六二年改名為「株式會社八佰伴百貨」後，進軍海外市場。一九八四年在香港開設分店。《阿信》電視劇在香港播出後大受歡迎，到了一九九三年重播時收視率仍然相當高。二〇一三年香港上映日本電影《阿信的故事》，很多粉絲捧場，因為「阿信」已經深入民間，成為堅毅不屈努力向上的象徵人物。香港有一家連鎖食品專門店叫「阿信屋」，店名取自「阿信」的堅毅精神。

借用形式

日文「お」相當於「阿」，而「しん」其中一個意思是「信」。「阿信」是「おしん」的意譯詞。

形｜音｜意●｜改

港式日語例句

老闆甲：你間公司上市，係咪家族企業呀？

你的公司上市，是家族企業嗎？

老闆乙：唔係，我細個好窮，好似阿信噉自己創業㗎。

不是，我小時候很窮，像阿信那樣自己創業的。

日語例句

両親はおしんのように働いて私たちを育てた。

我父母像阿信那樣勤奮地工作，撫養我們長大。

004

Taai[3] **太** Long[4] **郎**

日本語

太郎

Tarō

「太郎」是傳統日本男子的名字，長子叫「太郎」，老二往後則用序數表示，如：「二郎」、「三郎」等。現時日本年輕人叫「太郎」的比較少。很多香港人都聽過日本「桃太郎」、「金太郎」那些古老的故事。看過動畫片「Q太郎」、「鬼太郎」的人一般比較年長，看過「忍者亂太郎」、「哈姆太郎」的人就比較年青。這些懷舊卡通人物都陪伴不同年代的香港人一起成長，到今天仍然有不少粉絲。有拉麵館、餐廳叫「〇太郎」。又有一間柴犬主題咖啡店叫「柴太郎咖啡店」。《愛護動物協會》二〇二〇年九月十六日發出一則領養消息：「我叫太郎，係德國狼犬……唔知有冇人願意畀一個永遠嘅家我呢？」

借用形式

「太郎」借用日文全部漢字。

形● 音 意 改

港式日語例句

《忍者亂太郎》從一九九三年到二〇二二年已經播出了三十年，全家三代同堂可以一起看，很有意思。

日語例句

太郎と花子は幼馴染です。

太郎和花子是青梅竹馬的朋友。

005

Ngan4 **銀** Zo6 **座**

日本語

銀座

Ginza

「銀座」是日本東京的高級商業街，有百貨公司，高級品牌專門店、高級餐廳、高級夜總會等。這個地方是日本人和遊客吃喝玩樂的天堂。以前香港銅鑼灣有多間日資百貨公司，有「小銀座」之稱。銅鑼灣、天水圍都有「銀座商場」。香港有日本料理、茶餐廳都以「銀座」命名。輕鐵命名車站也借用了日文，有一個車站叫「銀座站」。

借用形式

「銀座」借用日文全部漢字。

形● 音 意 改

港式日語例句

同學甲：你知唔知輕鐵銀座站喺邊呀？

你知不知道輕鐵銀座站在哪兒啊？

同學乙：喺元朗天水圍囉。

在元朗天水圍啊。

日語例句

週末は銀座の大通りが歩行者天国になる。

在週末，銀座大馬路變成行人專用區。

006

Daai[6] Jyun[2]
大丸

日本語

大丸

Daimaru

形● 音 意 改

「大丸」是第一間在香港開店的日本百貨公司，由日本大丸與香港商家合資開辦。一九六〇年在銅鑼灣開業後，因為商品應有盡有，店員彬彬有禮，吸引了不少香港人即使不買也要進去看看。後來「大丸」又用分期付款、免費送貨和禮券等銷售方式吸引消費者。日本百貨公司、時裝店、戲院、食肆相繼在附近開店。隨後銅鑼灣也成為本地人和遊客都喜歡去的購物中心。「大丸」雖然在一九九八年結業，但已經成為地標，公共小巴仍然用「大丸」作為去銅鑼灣的路線牌。

借用形式

「大丸」借用日文全部漢字。

港式日語例句

路人甲：請問搭咩車去銅鑼灣呀？

請問坐甚麼車去銅鑼灣呢？

路人乙：你搭寫住去大丸嘅 van 仔啦。

你坐有大丸字樣路線牌的公共小巴吧。

日語例句

大丸心斎橋店の地下でおいしいケーキを買った。

我在大丸心齋橋店地下商場買了很好吃的蛋糕。

007

Loeng^{5} 兩 Tai^{3} 替 Dim^{3} 店

日本語

両替店

ryōgaeten

港式日語例句

香港人到日本後如果要兑換日圓，最好去用「両替」來標示可以兑換的商店，因為匯價較好。

日語例句

香港旅行中よく重慶マンションの両替店で両替した。

我在香港旅行時經常在重慶大廈的兩替店換錢。

在日本要表示「兩種貨幣找換」會用日文「両替」，廣東話發音是loeng^{2} tai^{3}。香港借用後將「両替」改成「兩替」loeng^{5} tai^{3}。以前香港尖沙嘴有很多「找換店」，為了方便日本遊客，店舖用「兩替」招徠日本客人。現在香港已經很少「找換店」用「兩替」這兩個字，但是有關去日本旅遊的資訊仍然使用。

借用形式

「兩替店」借用日文漢字「替店」，又將「両」改成「兩」。

形● 音 意 改

008

Jen[1]

Yen

日本語

円

en

日本的貨幣叫 yen，漢字的寫法是「円」。這個 yen，日本人唸 en，用英文書寫時才寫 yen。其實現代日文已經沒有 ye 這個音，早在明治時代日文仍然讀 yen，所以當時的外國人把「円」用音譯記下來的時候寫成 yen，一直沿用至今。日本「円」和中國「元」的本字都是「圓」，其實中日韓的貨幣都來自「圓」這個字。香港書面語用「日圓」、「日元」。口語會說：一、yen，例如：啱啱暢咗廿萬 yen（剛兌換了二十萬日元）；二、日本 yen，例如：邊度唱日本 yen 最抵呀；三、日本紙，例如：旅行社叫團友唱定啲日本紙先。

借用形式

借用日文和製英語「Yen」的語音及拼寫。

形 音● 意 改

港式日語例句

日本 yen 係咁跌，我哋可以喺日本買層樓住喇。

日圓一直下跌，我們可以在日本買個單位來住啊。

日語例句

円安のせいで日本人には海外の物価がとても高く思える。

因為日圓貶值的關係，對日本人來說外國的物價特別貴。

009

Taap^{3} 榻 Taap^{3} 榻 Mai^{5} 米

日本語 畳

tatami

「榻榻米」是日本傳統鋪墊在地板上的厚草蓆，不但吸濕脫臭，而且冬暖夏涼，所以留存到現代家居仍然有人使用。日本酒店的房間分三種：「和室」、「洋室」、「和洋室」。「和室」全部都是榻榻米，「和洋室」其中一間房是榻榻米。日本仍然有人喜歡和式家居設計，所以家裡也有榻榻米。香港有家具廠多年為顧客訂做榻榻米地台。有地板店賣高品質進口榻榻米。現成的傢俬有：榻榻米積木傢俬組合床、超厚榻榻米床墊、超柔軟榻榻米地墊、榻榻米梳化床懶人沙發、迷你榻榻米儲物箱、榻榻米瑜伽墊等。香港可以買到和風寵物榻榻米床和坐墊，寵物用得舒服，主人容易清潔，所以都有市場。

借用形式

日文「畳」的讀音是三個音節「tatami」，中文借過來的時候沒用「畳」，把「tatami」音譯成「榻榻米」。

形 ｜ 音● ｜ 意 ｜ 改

港式日語例句

文青喜歡去日式榻榻米 Café 一面享受日本美食，一面看書。

日語例句

父は日曜日いつも畳の上に寝転がって何もしない。

爸爸星期天老是躺在榻榻米上，甚麼都不做。

010

電飯煲

Din[6] Faan[6] Bou[1]

日本語

電気炊飯器

denki suihanki

借用形式

「電飯煲」借用日文「電気炊飯器」裡的「電飯」，又將「器」意譯為「煲」。

形◐ 音 意◐ 改

港式日語例句

朋友甲：一個人煮飯好麻煩。

朋友乙：你買個迷你電飯煲啦。

日語例句

息子がイギリスに留学するので電気炊飯器を買った。

兒子要到英國留學，我幫他買了一個電飯鍋。

日本人一九四〇年代發明「電飯煲」之後，家庭主婦煮飯變得輕鬆多了。香港「電飯煲」的進口量到一九六五年已經差不多有九萬個。時至今日，「電飯煲」已經成為香港每個家庭的必需品。第一代的「電飯煲」米飯會黏鍋，而且只可以煮飯。現在的「電飯煲」價錢由幾百元至幾千元不等，有多種功能，例如：二十四小時烹調時間預約及保溫，自動調節烹調時間及溫度，內置多種烹調程式，可以煮飯、煲粥、煲湯、煮餸、做甜品。最新智能電飯煲可以連接手機 wifi，控制電飯煲開關。近年流行的減醣電飯煲，消委會測試後發現反而比傳統電飯煲更多醣，所以勸諭市民減少飯量更好。

011

Ziu1 招 Coi4 財 Maau1 貓

日本語

招き猫

maneki neko

「招財貓」是日本的「吉祥貓」，本來用來招徠顧客，後來發展成帶來好運及財富的象徵。日本有很多品牌製造「招財貓」，它們通常都是陶瓷做的，但是也有用和紙及玻璃做的。有些太陽能及電動「招財貓」的手可以自動擺動，更見朝氣。「招財貓」到了香港非常受歡迎，很多商店都放在店裡，希望招來生意。香港有專門店，出售多種款式的「招財貓」。有些香港人也會買來做賀年擺設或放在房車上或隨身攜帶，希望帶來好運。香港都可以買到德國品牌的電動招財貓。農曆新年有商場送「招財喵寶」利是封及招財貓精品存錢筒。有藝術畫廊展覽的主題是「招財貓」。

借用形式

「招財貓」是借用日文「招き猫」裡的「招」，將「猫」改成「貓」，再刪除「き」，最後把「招」的賓語「財」加上去。

形◐音　意✚改

港式日語例句

喜歡招財貓的人除了喜歡討論舉左手與舉右手有甚麼分別之外，還會討論不同顏色代表甚麼意思。

日語例句

招き猫を置く習慣は江戸時代から始まったと言われている。

據說放置招財貓的習慣是從江戶時代開始的。

012

娥 羅 納 英 膏

O^4 Lo^4 Naap^6 Jing^1 Gou^1

日本語 オロナイン軟膏 Oronain nankō

日本大塚製藥一九五三年推出「娥羅納英軟膏」，一九七二年改為H軟膏，香港人叫它「娥羅納英膏」。以前孩子冬天冷得整個臉通紅，夏天頸部長滿痱子，媽媽都會用它。有濕疹、刀傷、蟲咬、香港腳、灼傷等也會用它。甚至有人用它來清除黑頭和醫治暗瘡。「娥」字本來讀 ngo^4，但很多香港人讀 o^4。

借用形式

「娥羅納英軟膏」音譯日文「オロナイン」（Oronain）後，再借用日文漢字「膏」。

形◐ — 音◐ — 意 — 改

013

龍 角 散

Lung^4 Gok^3 Saan^2

日本語 龍角散 Ryukakusan

日本製造的「龍角散」已經有兩百多年歷史。日本人喉嚨腫痛的時候都愛吃龍角散，因為除了有效，味道也很好。以前香港人去日本旅遊時都會購買。現在香港便利店都可以買到，但是消費者委員會二〇一九年檢視市面上四十一款喉糖後，發現「龍角散」的含糖量竟然是最高的，所以不能多吃。

借用形式

「龍角散」借用日文全部漢字。

形● — 音 — 意 — 改

014

撒隆巴斯

Saat3 Lung4 Baa1 Si1

日本語 サロンパス Saronpasu

「撒隆巴斯」是日本久光製藥一九三四年推出的消炎止痛藥，包括消炎鎮痛貼、加強配方膏貼、噴劑幾種。香港人腰酸背痛、輕微扭傷都會使用它。近年香港的電視廣告在完結之前都會出現**Hisamitsu**，然後說出一個類似「嘻三文治」的音。原來這是製造商久光製藥的英文名Saronpasu。

借用形式

「撒隆巴斯」是日文「サロンパス」的音譯詞。

形 — 音● — 意 — 改

015

安美露

On1 Mei5 Lou6

日本語 アンメルツ Ammerutsu

「安美露」是小林製藥製造的外用藥液，可以舒緩肩膀酸痛、肌肉疼痛、腰酸等不適。「清新安美露」無藥味，藥味過敏人士亦可使用。彎彎樽裝方便病人自己塗抹。香港人喜歡用這種藥液消除肩頸背痛，不過需要注意的是，塗抹「安美露」後如果洗澡或出汗，都會產生較強的刺激感。

借用形式

「安美露」是日文「アンメルツ」的音譯詞。

形 — 音● — 意 — 改

016

喇叭牌正露丸

Laa[3] Baa[1] Paai[4] Zing[3] Lou[6] Jyun[2]

日本語

正露丸

Seirogan

借用形式

「正露丸」借用日文漢字，在此基礎上，增加日本品牌「Rappa no māku」的意譯詞「喇叭牌」。

形◐音 意✚改

日本有不同品牌的「正露丸」。香港人喜歡用的是大幸藥品製造的、已有一百多年歷史的「喇叭牌正露丸」。這種腸胃藥能醫治腹瀉、飽脹、嘔吐，甚至牙痛。有兩個在香港電視上的廣告歌成為經典：一個是一九八七年版：「有肚痛，個肚嘰哩咕嚕，要信我，食幾粒個個讚……」，另一個是一九九五年版：「有肚痛，喇叭正露丸係權威，腸胃曳，食兩粒即刻消滯……」。

017

美源髮采

Mei5 Jyun4 Faat3 Coi2

日本語 ビゲンヘアカラー Bigen Hea Karā

「美源髮采」是日本一種歷史悠久的染髮用品。一九八六年香港的電視台已經開始賣「美源髮采」的廣告，某男明星為該品牌代言幾十年，成為了香港經典廣告。現在市面上雖然有很多品牌的染髮用品，但是日本原裝的新版 **Bigen** 美源染髮劑仍在市面出售，受到消費者的喜愛。

借用形式

「美源髮采」是日文「ビゲンヘアカラー」的意譯詞。

形 | 音 | 意● | 改

018

無比膏

Mou4 Bei2 Gou1

日本語 無比（ムヒ） Muhi

「無比膏」是日本池田模範堂一九二五年發明的軟膏，止癢紅腫。後來因應不同消費者需要生產新產品，有：一、強力無比膏，對付嚴重痕癢；二、無比滴，用海綿頭可直接將藥液塗在患處；三、寶貝無比滴，適合小孩敏感肌膚；四、無比男敏治，用於男性敏感部位；五、無比滴護霜，用於女性敏感部位。

借用形式

「無比膏」借用日文漢字「無比」後，再加上類後綴「膏」。

形◐ | 音 | 意✚ | 改

019

物語

Mat⁶ Jyu⁵

日本語

物語

monogatari

日文「物語」指故事。日本很久以前有一個故事叫《竹取物語》，說一個人劈開竹子後，發現裡面有個小女嬰。西尾維新寫的小說《物語》系列，後來改編成動畫。一九八九年在**TVB**播出的日劇有《結婚物語》和《新婚物語》，香港人開始借用這個詞。有專門銷售日本零食的連鎖店叫「〇〇物語」，又有間蛋糕店叫「蛋糕物語」、日本雪糕專賣店叫「雪糕物語」，「物語」已經變成商店的名稱。有洗衣液叫「〇〇潔白物語」、素麵叫「〇〇物語」。康文署推介的一個展覽叫《電影劇照物語》。有一齣瑞士電影的中文名是《青春成長物語》。

借用形式

「物語」借用日文全部漢字。

形	音	意	改
●	—	—	—

港式日語例句

香港電台製作的電視節目，香港故事第五十一輯叫「世紀物語」。第一個故事是探討跌打醫館的百年變遷。

日語例句

私が高校の時、初めて源氏物語を読んだ。

我唸高中時第一次看源氏物語。

020

Jan4 人 Gaan1 間 Zing1 蒸 Faat3 發

日本語

人間蒸発

ningen jōhatsu

日文「人間蒸発」一詞在日本二十世紀六十年代開始出現，反映當時有很多成年人無故失蹤。一九六七年日本電影《人間蒸発》也是描述失蹤人士的情況。香港也借用此詞來表示有人失蹤。日文「人間」表示「人」，「人間蒸発」只能指人，而中文「人間」指「世間」。香港每年都有人「人間蒸發」，所以有一本書叫《人間蒸發——香港郊野失蹤實錄》。除了人，車、錢包之類的東西在世間消失也可用「人間蒸發」來形容。一九八八年的小說《人間蒸發》和二〇〇五年的電視劇《人間蒸發》也促使這個詞在香港被廣泛使用。有歌名叫《人間蒸發》。新聞會用「人間蒸發」做標題，例如：動物遭棄養飼主人間蒸發。

借用形式

「人間蒸發」借用日文漢字「人間蒸」，又將「発」改成「發」。

形	音	意	改
●			

港式日語例句

例句一：每年都有人間蒸發的案件，警方都找不到那些失蹤人士。

例句二：有一輛新車人間蒸發，警方發現偷車賊原來是車主的兒子。

日語例句

高度経済成長期の日本では人間蒸発が社会現象となった。

在高度經濟成長時期的日本，人間蒸發變成一種社會現象。

021

Daai6
大
Ceot1
出
Hyut3
血

日本語

出血大サービス

shukketsu dai sābisu

日文「出血大サービス」是商店虧本促銷時用的標語。其實商店這樣薄利多銷的促銷也不會「血本無歸」，反而是消費者購物之後花光錢才對。這個標語來到香港之後，「出血大」變成「大出血」，例如：大出血減價！旗艦店十月約滿撤出香港。香港後來又加多了一個用法：形容某人要花很多錢，很心痛，例如：過年荷包大出血。

借用形式

日文「出血大サービス」本來由「出血」和「大サービス」（大減價）組成，但進入中文後「サービス」被刪掉，借用了「出血大」三個漢字後，「大」被移到「出血」前面。「大出血」屬於半借形詞。

形◐ —音 —意 —改

港式日語例句

例句一：我看見那店舖門口貼上清倉大出血，便立即進去。果然有很多便宜貨品。

例句二：有幾個同事結婚，我要大出血了。

日語例句

今日は出血大サービスだから買わないと損だよ。

今天大減價，不買就吃虧了。

022

羅 Lo4 生 Sang1 門 Mun4

日本語 羅生門

Rashōmon

借用形式

「羅生門」借用日文全部漢字。

形● — 音 — 意 — 改

對日本人來說，《羅生門》只不過是黑澤明的電影，或者是芥川龍之介的小說。黑澤明的《羅生門》在香港上映時大獲好評。一九八〇年香港話劇團鍾景輝導演改編《羅生門》。二〇一八年和二〇一九年，中英劇團先後兩年演出的舞台劇都叫《羅生門》。香港借用《羅生門》來描述幾個人所落的口供完全不同，不能找到真相。香港傳媒報導喜歡用「羅生門」，例如：老師遇到兩個學生各執一詞的「羅生門」事件，都要用智慧解決。二〇二二年一本叫《小說裡的人性羅生門》的書出版，作者在書中談芥川龍之介。

羅生門

港式日語例句

今天九龍發生羅生門車禍，一名男子被的士撞傷。事主及司機均聲稱已經遵照紅綠燈指示過馬路。警方一時難以了解意外真相，有待查證。

日語例句

私は小説羅生門を読み、映画羅生門も見た。

我看了《羅生門》的小說，也看了《羅生門》的電影。

023

地獄式訓練

Dei6 Juk6 Sik1 Fan3 Lin6

日本語 地獄の訓練

jigoku no kunren

當形容一個人接受非常嚴格的體能訓練時，日文會用「地獄の訓練」或「地獄の特訓」。七十年代香港播出一系列的日本電視劇，例如：《青春火花》（一九七〇）、《紅粉健兒》（一九七一）、《綠水英雌》（一九七二）、《網球雙鳳》（一九七三）都以體育為主題，主角接受身處地獄般的訓練之後，終於練出絕招贏得冠軍。香港也用「地獄式訓練」來形容一個人接受非常嚴格的訓練。現在香港人訓練的目的通常是女生身材變得苗條，男生身材變得強壯。比較罕見的「地獄式訓練拉花班」則是不斷訓練學員咖啡拉花技巧弱項。

借用形式

「地獄式訓練」借用日文「地獄の訓練」的漢字「地獄訓練」，又用「式」代替「の」。

形 ◐ | 音 | 意 ◐ | 改

港式日語例句

職員甲：老細本來有啤酒肚，而家變成肌肉人喎。

老闆本來有啤酒肚，現在變成了肌肉人。

職員乙：佢請咗個私人教練做地獄式訓練吖嘛。

他請了一個私人教練做地獄式訓練嘛。

日語例句

昔のスポーツ界は地獄の訓練が当たり前だった。

在過去的體育界，使用地獄式訓練是理所當然的事。

024

Chotto matte

Co^{1} Do^{1} Maa^{1} De^{4}

日本語　ちょっと待って　chotto matte

Chotto matte 的意思是「請等一下」。香港歌手鄭秀文唱《Chotto 等等》是翻唱日本天后大黑摩季的歌。裡面有幾次出現 chotto matte yo。日文 chotto 是副詞，用來修飾動詞或形容詞時，表示「稍微、一點點、一下」。如果只是輕輕地說 chotto 表示「婉拒」。Chotto matte yo 的 yo 是語氣助詞，經常在不耐煩地提出警告或勸戒時使用，所以比較客氣的說法是 chotto matte kudasai。香港人把 chotto matte 唸成類似「搓多媽爹」co^{1} do^{1} maa^{1} de^{1} 的音，但日語的實際發音近似「出墮乜嗲」。

借用形式

音譯日文「ちょっと待って」及借用日文羅馬字「chotto matte」拼寫。

形　音●　意　改

港式日語例句

王菀之和【聲夢傳奇】決賽一個參賽者先後都翻唱了《chotto 等等》。

日語例句

母：　テレビを消して早く勉強しなさい！

關掉電視，快點學習！

息子：ちょっと待って！もうすぐ試合が終わるから。

請等一等，比賽快要結束了。

025

奸（Gaan[1]）爸（Baa[1]）爹（De[1]）

日本語 がんばって ganbatte

日本一九九五年播出的遊戲綜藝節，香港一九九七至一九九九年在亞洲電視本港台播出，節目名稱翻譯成「一級奸爸爹」。很多日劇和動漫都會用這個詞，所以不少香港人都知道「奸爸爹」是「加油」的意思。這個詞用 **ganbatte ne** 比較好，因為客氣一點。香港人似乎對任何人都可以說「奸爸爹」，其實日本人只是在同學及朋友之間使用。而且通常在特定的情況（例如：考試前、去外國深造前、比賽前），一對一幫他／她打氣時才說。同事雖然是同輩，說「奸爸爹」會令同事覺得被批評沒有盡力，要說 **ganbarimashō**（一起加油吧）才對。如果朋友病了，要說 **odaijini**（保重）才對。值得一提的是，香港近來有人開始用 **ganbatte** 的日文漢字「頑張」來做書面語。

借用形式

「奸爸爹」是將日文「がんばって」音譯成漢字。

形 — 音● — 意 — 改

港式日語例句

香港有調查結果顯示：最多中學生想聽到別人說「奸爸爹」、「努力」、「加油」來鼓勵他／她們用功讀書。

日語例句

明日の試合、がんばってね！

明天的比賽，加油啊！

026

玉子豆腐

Jyuk^6 Zi^2 Dau^6 Fu^6

日本語 玉子豆腐 tamago dōfu

「玉子豆腐」雖然看起來像豆腐，但其實是用鷄蛋及高湯製成的。日文「玉子」tamago即「蛋」，和電子遊戲「他媽哥池」的「他媽哥」發音相同。在香港的街市或超市都可以買到玉子豆腐，上網也可以學到怎樣煮「蔥燒玉子豆腐」、「蝦仁蒸玉子豆腐」、「肉碎扒玉子豆腐」。

借用形式

「玉子豆腐」借用日文全部漢字。

形● | 音 | 意 | 改

027

獅子狗

Si^1 Zi^2 Gau^2

日本語 竹輪 chikuwa

「獅子狗」是日本動漫「忍者小靈精」裡面的一隻狗，會使用忍術。它最愛吃「竹輪」，香港人稱之為「獅子狗」，新出的有芝士竹輪卷。有網店寫「竹輪獅子狗卷（燒魚卷）」。一般都是用作火鍋配料，新的食法有：獅子狗豚肉卷、日式豚肉芝心獅子狗。

借用形式

「獅子狗」本來是「忍者小靈精」裡面的角色，它喜歡吃「竹輪」。將「竹輪」翻譯成「獅子狗」屬於全部改寫。

形 | 音 | 意 | 改▲

028

牛 Ngau4 奶 Naai5 妹 Mui1

日本語 ペコちゃん Peko chan

「牛奶妹」是日本不二家製造的牛奶糖。公司設計一個卡通女孩作為商標。小朋友喜歡模仿她用舌頭舔著嘴角的樣子。後來公司又再推出一個可愛卡通男孩「牛奶仔」（日文「ポコちゃん」）作為商標。很多香港人小時候都已經吃過「牛奶妹」。時至今日，牛奶妹商標的糖果餅乾已經發展出更多款式。

借用形式

將「ペコちゃん」翻譯成「牛奶妹」屬於全部改寫。

形 — 音 — 意 — 改▲

029

白 Baak6 色 Sik1 戀 Lyun2 人 Jan4

日本語 白い恋人 Shiroi koibito

「白色戀人」是從一九七六年開始，由日本石屋製菓製造的白朱古力夾心餅。後來多了一款黑色牛奶巧克力口味。另外，又有白色戀人布甸和雪糕。「白色戀人」多年來都是香港人到日本旅遊時最喜愛買的手信。「白色戀人」甜品「白朱古力年輪蛋糕」在香港都可以買到。

借用形式

將日文「白い恋人」中的「白い」意譯成「白色」，將「恋人」改成「戀人」。

形◐ — 音 — 意◐ — 改

030

日本語

百 Baak[3] 力 Lik[6] 滋 Zi[1]

プリッツ

Puritsu

百力滋是日本「固力果株式會社」製造的餅乾條，有網民多年收集世界各地的百力滋和百奇百力滋發現有非常多不同的口味。香港除了可以買到常見的沙拉、燒烤、牛油等口味之外，還可以買到日本的綠茶味、加拿大的楓糖味、香港的鮑魚味、上海的大閘蟹味等。百奇百力滋更受歡迎，二〇一九年它獲健力士世界紀錄認證為「全世界最暢銷有巧克力外層的餅乾」。

借用形式

「百力滋」是日文「プリッツ」的音譯詞。

形 — 音 ● — 意 — 改

031

日本語

樂 Lok[6] 天 Tin[1] 熊 Hung[4] 仔 Zai[2] 餅 Beng[2]

コアラのマーチ

Koara no Māchi

「樂天熊仔餅」是由「樂天株式會社」生產的樹熊朱古力餅，主題包括音樂、慶典、家庭、花式溜冰等。常見產品圖案有三百六十五種。一九八六年開始在香港銷售，圖案中的樹熊十分可愛。這種零食已經陪伴香港人三十七年，至今仍然深受小朋友歡迎。香港人可以吃到巧克力、士多啤梨與牛奶、白朱古力芝士、抹茶等口味。「樂天株式會社」多年定期捐款拯救樹熊。

借用形式

「樂天熊仔餅」是將日文「コアラのマーチ」（樹熊的遊行）改寫成「熊仔餅」後，又增加了公司的名稱 Lotte「樂天」。

形 — 音 — 意 ✚ — 改 ▲

032

Joeng5 Meng6 Zau2

養命酒

日本語 養命酒

Yōmēshu

「養命酒」是一六〇二年開始，由日本「養命酒製造株式會社」用十四種藥材釀製的、含有百分之十四酒精的藥用補酒，可以用來調理身體，恢復體力。一九五〇年「養命酒」已經在香港銷售，一九九七年在電視上賣廣告，成為香港人喜愛的補酒。近年，該公司增加了美容與健康的食品及飲品，幫助現代人抗老化保養。

借用形式

「養命酒」借用日文全部漢字。

形 ● ｜ 音 ｜ 意 ｜ 改

033

Jik1 Lik6 Do1

益力多

日本語 ヤクルト

Yakuruto

「益力多」是由日本代田稔博士在一九三〇年研發的乳酸菌飲品。乳酸菌不但可以幫助人體增加多種營養成份，還可以增強腸道細菌健康。香港益力多分公司於一九六九年成立，二〇一一年開始出售低糖高纖「益力多」，到處都可以買到。舊工場在觀塘，後來搬到大埔。開放工場參觀，至今已接待了一百零二萬人。

借用形式

「益力多」是日文「ヤクルト」的音譯詞。

形 ｜ 音 ● ｜ 意 ｜ 改

034

Mei[6] 味 Zi[1] 之 Sou[3] 素

日本語 味の素

Ajinomoto

「味之素」是一百多年前由日本的大學教授池田菊苗發明的味精。日本「味之素株式會社」製造的「味之素」很受歡迎。一九二七年在香港成立分行，向香港人推銷，強調餸菜加上「味之素」會變得味道十分鮮美。

借用形式

「味之素」借用日文「味の素」中的漢字「味素」後，將「の」意譯成「之」。

形◐ 音 意◐ 改

035

萬字醬油

Maan6 Zi6 Zoeng3 Jau4

日本語

キッコーマン醤油

Kikkoman Shōyu

日本從一九一七年開始生產「キッコーマン」（龜甲萬）。「萬字醬油」用黃豆和小麥製造，不但可以使食物更有滋味，而且可以使肉質更加鬆軟。香港售賣的萬字醬油原產地是日本或新加坡。除了原味，近年還生產減鹽醬油、壽司生魚片專用醬油、青檸味醬油等。

借用形式

將日本品牌名稱「龜甲萬」意譯成「萬字」後，將「醬油」轉寫成「醬油」。

形◐ 音 意◐ 改

036

Siu2 Jyun2 Zi2

小丸子

日本語 ちびまる子

Chibi Maruko

《櫻桃小丸子》是三浦美紀一九八六年至二〇一八年創作的漫畫。一九九〇年成為日本電視動畫。一九九五年開始在香港的電視台播出，香港人通常叫她「小丸子」。為了滿足粉絲需求，二〇二一年十二月有商場舉辦「櫻桃小丸子 Happy Together 冬日舞會」，會場設置打卡場景，期間限定店發售超過一百款全新精品。

借用形式

「小丸子」的「小」是意譯「ちび」，「丸」是把「まる」轉寫成繁體字，而「子」是借用「ちびまる子」最後一個字。

形◐ 音 意◐ 改

037

Ding1 Dong1

叮噹

日本語 ドラえもん

Doraemon

《叮噹》本來是漫畫，製作成動畫後在日本的電視台播出。一九八二年在香港的電視台播出。一九九七年譯名改為「多啦A夢」。「叮噹」的日文 Doraemon 的 Dora 是「銅鑼」，emon 是男人名字的後綴「衛門」，Doraemon 即「銅鑼衛門」。叮噹愛吃的豆沙餅叫「叮噹餅」，日文叫「銅鑼燒」。

借用形式

因為「ドラえもん」動畫裡的機械貓頸上有個鈴噹，所以改寫成「叮噹」。

形 音 意 改▲

038

足球小將
Zuk[1] Kau[4] Siu[2] Zoeng[3]

日本語 キャプテン翼
Kyaputen Tsubasa

《足球小將》本來是漫畫，後來製作成動畫，一九八三年至二〇一九年在日本的電視台播出。香港一九七二年在電視台首播，共五十集，有粵語主題曲。二〇一九年 ViuTV 改譯名作「隊長小翼」。「東京奧運二〇二〇」宣傳片內有《足球小將》動畫，大會又與《足球小將》公司合作，設計「Adidas Captain Tsubasa Pro Ball」。

借用形式

「足球小將」是按「キャプテン翼」的內容改寫而來。

形 | 音 | 意 | 改▲

039

龍珠
Lung[4] Zyu[1]

日本語 ドラゴンボール
Doragon Bōru

《龍珠》是根據鳥山明的漫畫改編而成的動畫，一九八六年在日本的電視台首播。香港的電視台從一九八八年首播後，《龍珠二世》、《龍珠GT》、《龍珠超》相續播出。「DRAGON BALL Games Battle Hour」二〇二二年在網上舉行，發表最新龍珠遊戲。粉絲喜歡一起擺出「龜波氣功」的姿勢，同時發出 Kame Hame Ha 的聲音來拍照。

借用形式

「龍珠」是意譯日文「ドラゴンボール」。

形 | 音 | 意● | 改

040

小飛俠阿童木

Siu2 Fei1 Hap6 Aa3 Tung4 Muk6

日本語 鉄腕アトム

Tetsuwan Atomu

香港人認識的小飛俠有兩個：一個是美國迪士尼的 **Peter Pan**，另一個則是日本的「阿童木」。「小飛俠阿童木」在香港的電視台播出後，成為兒童的新寵兒。一部根據日本經典動畫《小飛俠阿童木》改編的 CG 電影，二〇〇九年在香港公映後又掀起熱潮。為了慶祝阿童木誕生七十週年，手塚株式會社授權推出限定紀念版收藏級透視潮玩積木。

借用形式

「小飛俠」是按動畫「鉄腕アトム」的內容改寫而來。「阿童木」是「アトム」的音譯。

形 — 音 ◐ — 意 — 改 ▲

041

飄零燕

Piu1 Ling4 Jin3

日本語 アルプスの少女ハイジ

Arupusu no Shōjo Haiji

《飄零燕》是宮崎駿改編自瑞士 Johanna Spyri 所創作的日本動畫。一九七四年在日本的電視台首播，一共有五十二集。一九七七年在香港的電視台播出，有粵語主題曲。到二〇二二年香港粉絲仍然可以買到粵語配音「飄零燕 DVD 高清五十二集」，也可以在線上看「粵語飄零燕全集」。有粉絲製作飄零燕貼紙，供諸同好。

借用形式

「飄零燕」是按動畫「アルプスの少女ハイジ」的內容改寫而來。

形—音—意—改▲

042

男兒當入樽

Naam4 Ji4 Dong1 Jap6 Zeon1

日本語 スラムダンク

Suramu Danku

《男兒當入樽》本來是漫畫，後來製作成動畫，一九九三年在日本的電視台播出。一九九五年在香港的電視台播出，風靡全港青少年。香港不少粉絲特地去「日本湘南」尋找故事中男主角出現的地方拍照留念。一九九四年有一齣港產片的名字也叫《男兒當入樽》。二〇二三年電影版在香港上映，好評如潮。

借用形式

「入樽」是日文「スラムダンク」的意譯。「男兒當」是增加上去的漢字，使「入樽」格外突出。

形—音—意✚—改

043

Mung^4 Min^6 Ciu^1 Jan^4
幪面超人

日本語

仮面ライダー

Kamen Raidā

《幪面超人》本來是日本漫畫，日本製作成電視劇後，一九七一年開始播放。香港一九七四年開始在電視上播出，主題曲第一句的歌詞是「せまるショッカー」。雖然粉絲不會日文，但是人人都會唱「Se Ma Ru Shokkaa」。一九九八年電視劇《神探李奇》也借用《幪面超人》主題曲，叫「Se Ma Ru」。二〇二三年《新幪面超人》在香港公映。

借用形式

「幪面超人」借用「仮面ライダー」中的日文漢字「面」，另外三個字都是意譯。

形◐ 音 意◐ 改

044

鹹蛋超人

Haam4 Daan2 Ciu1 Jan4

日本語 ウルトラマン Urutoraman

「ウルトラマン」於一九六六年開始在日本的電視台播出。香港人覺得他兩隻眼睛的形狀像「鹹蛋」，所以叫他「鹹蛋超人」。香港的電視從第一代《鹹蛋超人》開始轉播，戲院也放映《鹹蛋超人》電影。鹹蛋超人五十五週年紀念時，香港有四個商場設置了超人體驗館，讓粉絲見到四米高超人，體驗三百六十度拍攝。

借用形式

「鹹蛋」是加上去的，「超人」是日文「ウルトラマン」的意譯。（中國內地則使用音譯「奧特曼」。）

形—音—意✚—改

045

悠長假期

Jau4 Coeng4 Gaa3 Kei4

日本語 ロングバケーション Rongu Bakēshon

《悠長假期》是一九九六年日本電視台播出的電視劇，看過這套電視劇後，日本學鋼琴的男生增加了。香港人當時很喜歡看日劇，到處都可以買到《悠長假期》的VCD。主角木村拓哉主演的日劇，香港粉絲都必定追看。因為當時日劇沒有粵語配音，只有字幕，所以學日文的香港人越來越多。到現在，ViuTV仍然在推介這部劇。

借用形式

「悠長假期」是日文「ロングバケーション」的意譯。

形—音—意●—改

046

Lung[4] 龍 Maau[1] 貓

日本語 となりのトトロ

Tonari no Totoro

宮崎駿一九八八年推出動畫電影《龍貓》後世界聞名。不少龍貓迷都去日本吉卜力美術館看《龍貓》續集、坐「貓巴士」及參觀宮崎駿工作室。二〇二二年啟用的「吉卜力公園」有「龍貓森林」。香港有人買真的龍貓做寵物，也有人到吉卜力精品店買龍貓公仔。

借用形式

日文「となりの」的意思是「鄰家的」。「トトロ」是電影中動物的名稱。「龍貓」是「となりのトトロ」的改寫。

形 — 音 — 意 — 改▲

047

紅白歌唱大賽

Hung4 Baak6 Go1 Coeng3 Daai6 Coi3

日本語 紅白歌合戦 Kōhaku Uta Gassen

《紅白歌唱大賽》是日本放送協會由一九五一年開始每年除夕現場直播的音樂節目。男女歌手分成紅白兩組進行比賽。一九六七年香港的電視台開始轉播，香港歌手陳美齡和譚詠麟曾先後被邀請參加。近年來雖然《紅白》的收視率較低，但很多人仍然在討論哪些歌手會參加《紅白》。

借用形式

借用日文漢字「紅白」後，將日文「歌合戦」意譯成「歌唱大賽」。

形◐ 音 意◐ 改

048

卡拉OK

Kaa3 Laa1 Ou1 Kei1

日本語 カラオケ karaoke

日文 kara 表示「空」，而 oke 是 orchestra 的縮寫，指樂隊。Karaoke 即「（沒有歌手的）空的樂隊」。Karaoke 被翻譯成「卡拉 OK」，其實日文 karaoke 跟 OK 沒有關係。以譚詠麟唱的「卡拉永遠 OK」來看，港式日文詞已經有新的用法。新詞組有：唱 K、K 房、K-Lunch 及 K-Buffet。「卡拉」較多人讀 kaa3 laa1，較少人讀 kaa1 laai1。

借用形式

借用源自日文「カラオケ」的和製英語「karaoke」，將它音譯成漢字「卡拉」和英文「OK」。

形 音● 意 改

049

Soeng[1] Pok[3]

相撲

日本語

相撲

sumō

「相撲」是日本的民族運動，起源於古代神道教儀式。日本相撲協會每年都會舉辦比賽，二〇一九年美國總統到訪日本亦觀賞了相撲比賽。日本電影《五個相撲的少年》和漫畫《火之丸相撲》很受歡迎。一九九一年香港相撲協會成立，會員有三百人。每年都有一百五十個青少年和兒童參加相撲錦標賽。一九九九年獲得第一面國際性比賽牌，二〇〇一年獲得女子隊銅牌。

借用形式

「相撲」借用日文全部漢字。

形● 音 意 改

050

他媽哥池

Taa1 Maa1 Go1 Ci4

日本語

たまごっち

Tamagotchi

「他媽哥池」是一九九六年日本製造的蛋型電子寵物。它讓人類學習用愛心飼養寵物，包括餵食、打掃和跟它玩耍。得不到照顧，它就會死去。香港人不論兒時還是長大後都喜歡玩。「他媽哥池」二十五週年時，生產商推出智能手錶版 **Tamagotchi Smart**，手錶具有觸控和語音操控功能。粉絲可以買到鬼滅之刃香港版及 **R2-D2** 化身「他媽哥池」。

借用形式

「他媽哥池」是「たまごっち」的音譯。

形—音●—意—改

第二章

常見
よくつかうことば

那些常常見到的港式日語

051

Ngaan4 顏 Zik6 值

日本語 顏面偏差値 kao hensachi

「顏值」來自日文「顏面偏差值」，而「顏面偏差值が高い」指有一張好臉蛋。香港借用後用「顏值」形容的評級有：一、顏值爆表；二、顏值高；三、顏值低。另外，還有：顏值飆升；顏值暴跌。用「顏值」來形容的男人和女人有：男／女模特兒、男／女明星、男／女歌星、男／女朋友、男／女主持人、男／女新聞主播、男／女老師、闊太、富豪、港姐、港男。

借用形式

將「顏值」改成「顏值」後，刪除「面偏差」。

形◐ 音 意 改

052

Mei5 美 Baak6 白

日本語 美白 bihaku

日文「美白」用來形容肌膚白嫩。很多日本美白產品都宣傳不但可以有效美白肌膚，更可以淡斑、抗衰老。香港女士愛買美白產品，例如：美白丸、美白抗紋滋潤乳液、美白面膜、美白牙膏、美白身體乳。消費者委員會二〇二一年抽查市面上的美白精華，結果顯示有些產品具有顯著的美白功效。

借用形式

「美白」借用日文全部漢字。

形● 音 意 改

053

素 Sou³ 顏 Ngaan⁴

日本語 素顔 sugao

日文「素顔」指：一、臉上沒有化妝；二、真面目，例如：上司はクールだが素顔はやさしい人だ（上司好像很冷漠，其實他很善良）。香港只借用「沒有化妝」的意思，例如：嗰個明星素顏出街冇有人認得出（那個明星上街沒有人認得）。

借用形式

「素顏」借用日文漢字「素」，將「顔」轉寫成「顏」。

形● ─音 ─意 ─改

054

過 Gwo³ 勞 Lou⁴ 死 Sei²

日本語 過労死 karōshi

日文「過労死」指工作過度操勞，突然死亡。在日本，「過勞死」死者的親屬很難獲得賠償，一九八八年幾個律師設立了「過勞死一一〇番」（過勞死法律援助熱線）。二〇一六年香港勞工處開始搜集「過勞死」資料。勞工處委託職安局檢視二〇一七年至二〇一九年間共兩百宗工作期間因心腦血管病死亡的個案，調查結果認為無一宗與工作相關，令死者家屬非常失望。

借用形式

「過勞死」借用日文漢字「過死」，將「労」轉寫成「勞」。

形● ─音 ─意 ─改

055

Daan^{1} **單** San^{1} **身** Gwai^{3} **貴** Zuk^{6} **族**

日本語

独身貴族

dokushin kizoku

日文「独身貴族」是指那些有條件可以一個人個優哉遊哉生活而選擇不結婚的人。日本越來越多「独身貴族」，所以市面上出現：一人電鍋、一人燒肉專門店、一人火鍋專門店。連為一個女生去旅行而設的旅館也有。香港把這個詞譯做「單身貴族」。一九八九年上映的港產片叫《單身貴族》。香港的單身貴族可以買到很多迷你小家電，到食肆也可以吃到一人火鍋、一人燒烤。近年香港又出現本地自創新詞「單身一族」。

借用形式

「單身貴族」借用日文「独身貴族」的漢字「貴族」，將「独身」意譯成「單身」。

形◐ 音 意◐ 改

056

宅男／女

Zaak^{6} Naam^{4} Neoi^{5}

日本語 オタク（御宅） otaku

日本人把不出門又沉迷於ACG（漫畫、動漫、電子遊戲）的年輕人叫做「オタク」（otaku）。這些人有ACG的專業知識，活在自己的世界裡。有些人自稱「オタク族」，其漢字寫法是「御宅」，沒有分男女。中文將這個詞譯為「御宅族」，分為「宅男」和「宅女」。不少香港人在網絡上討論「宅男」和「宅女」的性格、特徵、與異性溝通的能力等。有人認為與隱蔽青年不同的是：「宅男」和「宅女」不只喜愛ACG，而且具有專業知識。

借用形式 「宅男／女」借用日文漢字「宅」，再加譯「男／女」。

形◐ ｜音 ｜意✚ ｜改

057

毒男／女

Duk^{6} Naam^{4} Neoi^{5}

日本語 毒男／女 doku otoko / onna

本來單身的男女日文叫「獨身男／獨身女」，後來簡稱「獨男／獨女」。因為「獨」和「毒」同音，日本人謔稱為「毒男／毒女」。香港人借用後，毒男出現率較高，例如：歌曲以「毒男」命名、毒男測試、毒男打扮、偽毒男（不是毒男卻自稱毒男的人）。出現有關毒女的有：電影以《毒女》命名、討論毒女特徵、一本書叫《窈窕毒女》。

借用形式 「毒男／女」借用日文漢字「男／女」，將「毒」轉寫成「毒」。

形● ｜音 ｜意 ｜改

058

草食男／女

Cou2 Sik6 Naam4 Neoi5

日本語 草食男子／女子 sōshoku danshi / joshi

日本人本來用「草食男子／女子」來形容不主動找對象談戀愛的男女。雖然不少日本人不贊同其想法，但也有人欣賞他們找到新的生活型態。香港借用後，出現大家熱心為「草食男／女」牽紅線的現象。「肉食男／女」用來形容主動找對象談戀愛的男女。一般都是男人比較主動，女人比較被動。有關「草食男」和「肉食女」的討論比較多，更有人認為「草食男」和「肉食女」是絕配。

借用形式

「草食男／女」借用日文「草食男子／女子」的部分漢字，再將「草」轉寫成「草」。

形● 音 意 改

059

素人

Sou3 Jan4

日本語 素人 shirōto

日文「素人」指門外漢。香港借用來形容沒工作經驗的人，例如：政治素人參選、素人模特兒訓練。香港發展出新的意思：一、吃素的人，例如：素人素食；二、平凡的人，例如：一秒素人變美女。

借用形式

「素人」借用日文全部漢字。

形● 音 意 改

060

Daat6 Jan4

達人

日本語 達人 tatsujin

日本人把在某方面非常精通、非常專業、已經達到師傅級的人叫做「達人」。香港本來已經有「高手」、「大師」等詞，但是「達人」一詞更受歡迎，例如：烹飪達人、動漫達人等。香港出現了一些本地化的「達人」，例如：稱呼具魅力的女生為「魅力達人」、茶餐廳命名為「健康達人」、桌上遊戲命名為《時間達人》。

借用形式

「達人」借用日文全部漢字。

形 ● | 音 | 意 | 改

061

Ou1 El1

OL

日本語 OL ōeru

很多香港人都以為「OL」來自英語「office lady」。在劍橋英語詞典中 office lady 是「in Japan, a woman who works in an office」。OL 是「和製英語」，指那些很會打扮而且具辦事能力的年輕辦公室女郎。在香港網上看到：靚女 OL 搭巴士、啲 OL 返工著到成隻雀噉、新款西裝打造時尚 OL LOOK、有 OL 參選香港小姐。

借用形式

音譯和製英語「OL」。

形 | 音 ● | 意 | 改

062

聲優

Sing^{1} Jau^{1}

日本語 声優 seiyū

「声優」即配音員，與演員的區別就是可以隱於幕後，不露面。聲優在日本是一種專業，因為同一個角色由同一個聲優配音，所以聲優的聲音已經深入民心了。香港借用「聲優」來稱呼配音員。例如大家都知道林保全是叮噹的聲優。有配音員出版一本書叫《我係聲優．馮錦堂配音員的好聲歲月》。

借用形式

「聲優」借用日文漢字，將「声」轉寫成「聲」。

形● 音 意 改

063

特賣場

Dak^{6} Maai^{6} Coeng^{4}

日本語 特売場 tokubaijō

日文「特賣場」指售賣特價商品的地方。在日本，特賣場通常在超級市場或商店的一個角落或者在百貨公司其中一層。香港除此形式的特賣場，還有：一、臨時特賣場，例如：以短租形式加開特賣場；二、商店變成特賣場，例如：開倉特賣場在荃灣分店舉行；三、商店就是特賣場，例如：玩具精品特賣場；四、網店特賣場，例如：香港最大網購平台特賣場。

借用形式

「特賣場」借用日文漢字「特場」，將「売」轉寫成「賣」。

形● 音 意 改

064

居 Geoi[1] **酒** Zau[2] **屋** Uk[1]

日本語

居酒屋

izakaya

「居酒屋」是日本人下班後去飲酒和吃東西的地方。香港「居酒屋」各有賣點：一、平價，如：刺身、壽司等食物都只是 $20-40；二、日式，如：日式佈置、日式串燒、客人都喝日本酒；三、新式，如：西式室內設計，提供日式及西式食物及飲品；四、Omakase，如：套餐包括八道招牌菜及四款清酒；五、娛樂，如：店員自彈自唱日本歌，為顧客助興。另外，日本有餐廳叫「居食屋」，香港食肆也借用了這個詞。

借用形式

「居酒屋」借用日文全部漢字。

形● 音 意 改

065

情報

Cing[4] Bou[3]

日本語

情報

jōhō

中文「情報」指機密性質的報告或消息，例如：軍事情報。一聽到情報，大家也許會想起間諜。日文「情報」是翻譯英語「information」的外來詞。香港借用後將「情報」等同「消息」，出現在：一、旅遊，例如：香港紅葉情報；二、購物，例如：電玩情報；三、優惠，例如：著數情報；四、娛樂，例如：最新電影情報；五、生活，例如：最新生活情報。而發放情報的地方用了：一、站，例如：捐血情報站；二、網，例如：旅遊情報網；三、中心，例如：移民情報中心；四、平台，例如：生活資訊情報平台；五、區，例如：飛行情報區；六、室，例如：香港學術情報室。這些發展出來本地化「情報」的用法，讓中文更具生命力。

借用形式

「情報」是中日「同形異義詞」，借用日文「情報」指「消息」的意思。

形—音—意—改

港式日語例句

中華時報二〇二二年三月七日報導「新冠病毒全球最新情報：全球至少五百九十九萬人感染 Covid-19 病逝，至少四億人確診。」

日語例句

香港旅行前に旅の情報誌で最新情報を入手した。

去香港旅行之前看旅遊指南就知道最新訊息。

066

卡(Kaa3)哇(Waa1)伊(Ji1)

日本語 かわいい kawaii

借用形式

「卡哇伊」是日文「かわいい」的音譯詞。

形 — 音 ● — 意 — 改

日文 kawaii 可以寫成かわいい、カワイイ、可愛い，意思為「可愛」，可以用來形容人（男、女、老、幼）的樣貌、舉止、打扮、服裝，還可以形容動物、卡通人物、用品、顏色等。很多香港人都通過日本肝油丸的廣告聽過日文 kawaii。香港借用 kawaii，同時翻譯成「卡哇伊」後，用來形容：一、少女，例如：卡哇伊呢！美少女被激讚可愛；二、電子產品，例如：下載「動漫卡哇伊打扮」可在 iPhone 使用；三、人名，例如：當年靚模 kawaii 而家想做少奶奶；四、書籍，例如：《卡哇伊：我的三十七個基督徒朋友》；五、公仔，例如：便利店嘅公仔款款都咁 kawaii；六、商店，例如：有服飾店叫〇〇 Kawaii。

港式日語例句

〇〇藝人把女兒生活照上載到 facebook，傳媒大讚 kawaii。

日語例句

お店でとても可愛い服を見つけた。

我在店裡看到了非常可愛的衣服。

067

史上最強

Si² Soeng⁶ Zeoi³ Koeng⁴

日本語

史上最強

shijōsaikyō

日文「史上最強」的意思是「有史以來最完美的」，是一種誇張的手法，用來形容動漫、書籍、車、人、食品等。香港借用後出現在：一、動漫：史上最強動漫角色；二、書籍：史上最強韓語文法；三、車：史上最強汽車；四、人：史上最強港姐；五、食品：史上最強排毒食物；六、計劃：史上最強經濟刺激計劃；七、排行榜：史上最強日本機械人排行榜；八、用品：史上最強的安全帽；九、電影：香港電影史上最強的陣容；十、災害：史上最強颱風。

借用形式

「史上最強」借用日文全部漢字。

形● 音 意 改

港式日語例句

香港史上最強泳手何詩蓓保持一項世界紀錄、五項亞洲紀錄和十七項香港紀錄。

日語例句

このスパイスの組み合わせで作るカレーは史上最強だ。

用這些香料製造出來的咖喱是世界上最強的。

068

Dyun[6] 斷 Se[2] 捨 Lei[4] 離

日本語 断捨離 danshari

日文「断捨離」源自日本作家山下英子所寫的系列書籍。她所指的斷捨離是：一、斷絕多買東西；二、捨棄家中舊物品；三、脫離戀物情結。因為日本很多人都覺得需要有這種生活態度，所以這個詞很快成為潮語。香港借用這個詞後常出現以下幾類斷捨離：一、丟棄沒用的東西，例如：「服飾斷捨離」；二、「社交斷捨離」，形容「獨處」，例如：疫情讓大家享受到社交斷捨離的舒適；三、「感情斷捨離」，例如：香港有一首歌叫《斷．捨．離》；四、「斷捨離執屋」，例如：斷捨離執屋秘訣、全城斷捨離執屋抗疫、專業認證資格的收納師；五、「斷捨離服務」，例如：斷捨離上門收納服務、家居斷捨離服務、衣櫥斷捨離服務。

借用形式

「斷捨離」借用日文漢字「離」，將「断捨」改寫成「斷捨」。

形 ● 音 意 改

港式日語例句

香港越來越多人接受斷捨離，所以請專業收納師上門指導，學習怎樣減少沒用的東西和正確的收納方法。

日語例句

スマホがあるのでカメラを断捨離しようと思ったができなかった。

因為有了智能手機，我本來打算把相機斷捨離，但是還是捨不得。

069

Siu^{2} 小 Kok^{3} 確 Hang^{6} 幸

日本語 小確幸

shōkakkō

「小確幸」是日本作家村上春樹所創作的新詞，他認為「人生における小さくはあるが確固とした幸せ、略して小確幸」的意思是「在生活中出現一些微小但確實令人感到幸福的事」。他在一九八六年發表的隨筆集《蘭格漢斯島的午後》裡已經用過這個詞，可見這個概念對他來說是很重要的。香港人很喜歡這個詞。香港有電視節目、歌曲、甜品店、家庭裝修 DIY 百貨賣場、手工製護膚品的工作室都以「小確幸」命名。有網站叫「午後小確幸」，教人做下午茶甜點。有教育機構叫「小確幸時光」提供「小確幸課程」。*The Book of Awesome* 翻譯成中文叫《人生處處小確幸》。祝福大家每天都找到小確幸。

借用形式

「小確幸」借用日文全部漢字。

形● 音 意 改

港式日語例句

每天的小確幸，加起來就是美滿的人生。

日語例句

村上春樹が言う小確幸が何を指すかは人によって違う。

村上春樹所指的小確幸，其實因人而異。

070

Teoi3 退 Jit6 熱 Tip3 貼

日本語

熱さまシート

netsusamashīto

香港人以前發燒、頭痛、扭傷都會用冰袋或冰墊。日本「退熱貼」在香港出售後，很多香港人都用它，因為它可以：一、即用即棄；二、緊貼在肌膚，身體活動也不會脫落；三、持續八小時；四、按嬰兒、小童和成人額頭大小而設計不同尺寸；五、有通鼻配方。

借用形式

「退熱貼」是日文「熱さまシート」的意譯詞。

形 — 音 — 意 ● — 改

071

Dong^{1} 丼

日本語 丼 don / donburi

日文「丼」指大一點的碗。將菜餚加在白飯上叫「丼飯」或「丼物」，簡稱「丼」，例如「親子丼」。「丼」的廣東話讀音本來是 zing^{2}（井）或 dam^{2}（㶡），但借用日文「丼」時唸 dong^{1}（噹）。有調查指出蒲燒鰻魚丼、滑蛋香煎雞扒丼都是香港人最愛的日式美食。外賣時，有些「丼物」放在四方形的膠盒裡，在日本這樣子便不可以叫「丼物」了。

借用形式

「丼」借用日文漢字，並借用「丼」的日文讀音（don）。

形● 音● 意 改

072

Bin^{6} 便 Dong^{1} 當

日本語 弁当 bentō

日文「弁当」的意思是「飯盒」。日本孩子吃的「便當」多數是媽媽精心製作的食物，例如：用動畫「鬼滅の刃」的畫面做「便當」菜式。在香港，便利店、麵包店，專門店、餐廳都可以買到「便當」。有些酒店推出價錢高達$500的豪華便當，買得起的人也不少。

借用形式

將日文「弁当」（bentō）音譯成「便當」，日文漢字「弁」音譯成「便」，又將「当」轉寫成「當」。

形◐ 音● 意 改

073

拉麵

Laai[1] Min[6]

日本語

ラーメン

rāmen

日本人認為「拉麵」是從中國傳過去的，所以拉麵也叫「中華拉麵」。全港第一間日本拉麵店於一九八四年在尖東開業，很多拉麵店相繼來香港。每間拉麵店都以招牌拉麵作為賣點，例如：柚子鹽味拉麵、叉燒蝦濃湯拉麵、辣麻味噌拉麵。香港有拉麵店師傅親手為客人製作新鮮拉麵。「沾麵」是日本拉麵新的吃法，香港越來越多拉麵店可以吃到。

借用形式

「拉麵」是日文「ラーメン」的音譯詞。

形 | 音● | 意 | 改

074

Sau^{6} **壽** Si^{1} **司**

日本語 寿司 sushi

香港人喜歡吃的「手握壽司」（握り寿司 **nigirizushi**），早在江戶時代的東京人開始製作。除了「手握壽司」，香港常見的「壽司」有「軍艦壽司」、「火炙壽司」、「手卷壽司」、「卷物」。香港可以吃到的特色壽司有：醬油漬吞拿魚黃芥末壽司、紅黑黃三色壽司（魚子醬＋和牛刺身＋海膽）。大家要注意「寿司」前面有其他詞的時候，**sushi** 讀濁音ずし **zushi**。

借用形式

「壽司」借用日文漢字「司」，又將「寿」轉寫成「壽」。

形● 音 意 改

075

Wu^{1} **烏** Dung^{1} **冬**

日本語 うどん udon

「烏冬」是日本麵食的代表。日本有很多地方以烏冬出名，例如香川縣的讚岐手打烏冬。如果在日本寫「烏冬」的話，沒有人看得懂，其實「うどん」漢字的寫法是「餛飩」，不過連很多日本人都不知道是這麼寫的。香港人喜歡吃的烏冬有：日式海鮮炒烏冬、天婦羅湯烏冬、壽喜燒烏冬等。香港有手打烏冬班，學會可以請親朋好友品嚐。

借用形式

「烏冬」是日文「うどん」的音譯詞。

形 音● 意 改

076

御結

Jyu6 Git3

日本語 おむすび（御結び）omusubi

「御結」在日本有兩個說法：**omusubi** おむすび（漢字：「御結び」）和 **onigiri** おにぎり（漢字：「御握り」）。它是在米飯上加點餡料後用手捏成三角形或圓形來做成的。香港人一直都叫「飯糰」。不想用手捏的人會用「飯糰模」。最新式的是「免捏飯糰」**onigirazu**，是用保鮮紙包住紫菜、飯、餡料後裹住，最後用刀切一半。直到有一家御結連鎖店賣各種「御結」，例如：蛋汁牛壽喜燒御結，香港人才開始用「御結」。

借用形式

「御結」借用日文全部漢字。

形● ｜音｜意｜改

077

蛋包飯

Daan2 Baau1 Faan6

日本語 オムライス omuraisu

日文「omuraisu」是日式英語（omelette ＋ rice），是媽媽為了提高孩子食慾而製作的愛心食物。茄汁飯裡面有煙肉、香腸、粟米、紅蘿蔔、青豆。茄汁飯上面蓋上一層煎成橄欖形的蛋皮，最後加上茄汁。後來專門店製作很多新式的「蛋包飯」。香港可以吃到不同款式的「蛋包飯」，例如：蒲燒鰻魚蛋包飯、漢堡咖喱蛋包飯、三色蛋包飯（炒滑蛋＋咖喱豬肉＋濃茄牛肉）。

借用形式

「蛋包飯」是日文「omuraisu」的意譯詞。

形 | 音 | 意● | 改

078

鰻魚飯

Maan6 Jyu4 Faan6

日本語 うな重 una jū

うな丼 una don

日本的「鰻魚飯」放在四方形的盒子裡叫「鰻魚重」，放在碗中的叫「鰻魚丼」。「鰻魚飯」加上濃郁的醬汁及山椒，分外好味。香港的日本餐廳有些先蒸再燒，上枱前用火槍炙一下。有些店用長炭即叫即燒。每間店各有不同賣點：鰻魚外皮燒得脆、外皮香滑、肉質肥美、十吋長的鰻魚。

借用形式

「鰻魚飯」是日文「うな重」和「うな丼」的意譯詞。

形 | 音 | 意● | 改

079

Hoi[2] 海 Lou[5] 老

日本語 海老／蝦 ebi

日文的「海老」和「蝦」都讀 ebi，兩者沒有分別。日本的蝦還有伊勢海老（龍蝦）、車海老（斑節蝦），櫻花蝦乾等。香港可以吃到海老刺身、海老壽司、海老天婦羅丼、海老麵豉湯拉麵、鐵板燒伊勢龍蝦等。香港有專門店首創本土「金箔海老海膽魚子丼」和「京燒海老漢堡」。

借用形式

「海老」借用日文全部漢字。

形● 音 意 改

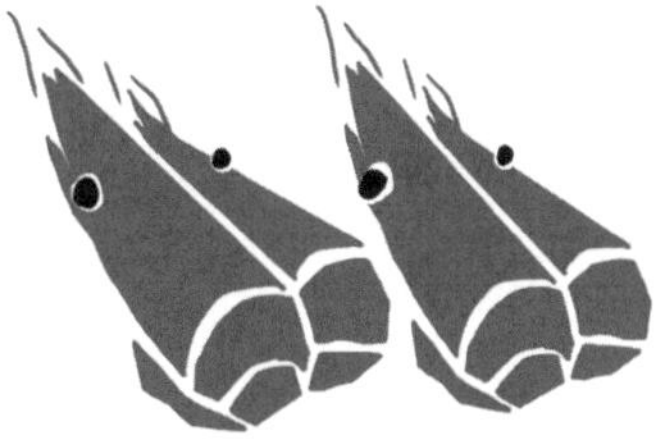

080

Ming[4] 明 Taai[3] 太 Zi[2] 子

日本語 明太子 mentaiko

「明太子」是鱈魚的魚卵，加入鹽、酒、昆布、柴魚、醬油、砂糖、辣椒粉等調味料醃漬後，成為日本人吃飯時喜愛的配菜。在香港有一間明太子專門店舉辦「明太子祭」，與各間餐廳合作推出不同款式的日本明太子料理，有：明太子玉子卷三文治、明太子撈蕎麥麵、明太子沙律醬薯條等。

借用形式

「明太子」借用日文全部漢字。

形● 音 意 改

081

杯麵

Bui^{1} Min^{6}

日本語 カップヌードル kappu nūdoru

「杯麵」於一九七一年在日本推出後，成為香港人喜愛的即食麵。打開「杯麵」後只要沖熱水，幾分鐘就可以吃。除了不同口味，還可以揀選拉麵、烏冬、米粉的「杯麵」。香港有本地品牌的「杯麵」，但是不少香港人仍然喜歡吃海鮮味和咖哩味的日本杯麵。不少香港人到歐美留學或旅行都會買些杯麵帶去，不想吃西餐時，可以泡個杯麵來滿足一下。

借用形式

「杯麵」是日文「カップヌードル」的意譯詞。

形｜音｜意●｜改

082

出前一丁

Ceot^{1} Cin^{4} Jat^{1} Ding^{1}

日本語 出前一丁 demae itchō

「出前一丁」的「出前」是外賣的意思，「一丁」是一份或一客的意思。「一丁」是日本廚師（拉麵、壽司師傅）專用語。在香港，「出前一丁」不止是在家吃的泡麵，茶餐廳也提供「出前一丁」餐。餐牌上「出前一丁」經常省略為「一丁」或「丁」，例如「豬扒炒一丁」、「雞翼蕃茄湯一丁」、「薑蔥雞扒撈丁」等。

借用形式

「出前一丁」借用日文全部漢字。

形●｜音｜意｜改

083

蟹柳

Haai^{5} Lau^{5}

日本語 カニカマ kanikama

「蟹柳」是日本人研製的一種看起來和吃起來都像蟹肉的魚糕。這種魚糕加入了含有鮮魚和蟹味的添加劑、澱粉、色素。香港人吃火鍋時常常都吃蟹柳，也喜歡用蟹柳做簡單的食物，例如：蟹柳炒蛋、粟米蟹柳沙律等。麵包店有芝士蟹柳麵包，超市也有蟹柳零食出售。

借用形式

「蟹柳」是日文「カニカマ」的意譯詞。

形—音—意●—改

084

Geoi6 Fung1

巨峰

日本語

巨峰

kyohō

日本一九四二年成功研發出巨大的葡萄，稱為「巨峰」。香港可以買到日本出產的巨峰、巨峰提子蜂蜜、巨峰提子汁清酒、巨峰提子味乳酸菌飲品、巨峰提子椰果低脂乳酪、水果冰球（巨峰味）。香港元朗有巨峰提子果園，市民七月可以免費入場即摘即食。本地生產的巨峰產品有：冰皮迷你日本巨峰提子荳蓉月餅、巨峰提子汁、巨峰提子玉露、巨峰提子蘋果沙冰。

借用形式

「巨峰」借用日文全部漢字。

形● | 音 | 意 | 改

085

Liu6 Lei5

料理

日本語

料理

ryōri

「料理」在日文中，作為動詞表示「煮飯」，作為名詞表示「菜式的總稱」。在香港「料理」多指日本菜，但也可以指其他菜式，如「台式料理」。「料理」也成為餐廳名、電視劇名、電視烹飪節目名和歌名，例如：《大阪日本料理》、《料理天王》、《史雲生料理天王》、《香港料理》。

借用形式

「料理」借用日文全部漢字。

形● | 音 | 意 | 改

086

懷石料理
Waai[4] Sek[6] Liu[6] Lei[5]

日本語

懷石料理

kaiseki ryōri

傳統的「懷石料理」是日本高級精緻菜式，包括：開胃菜、魚生、和牛、天婦羅、味噌湯、茶碗蒸、飯、甜品等。香港的懷石料理已經達到日本的一級水準，菜式會隨季節而更改，價錢由幾百元到幾千元都有。越來越多日本餐廳都供應迷你午餐懷石，菜式較為簡單。晚餐有的提供七或九道菜。

借用形式

「懷石料理」借用日文漢字「石料理」，將「懐」轉寫成「懷」。

形●—音—意—改

087

Wui[4] 迴 Zyun[2] 轉 Sau[6] 壽 Si[1] 司

日本語

回転寿司

kaiten zushi

一九五八年日本開設第一間迴轉壽司店，把壽司放在運輸帶可以節省人手，所以價錢便宜。一九九一年香港第一間迴轉壽司店開業，賣點是$10碟。香港人喜歡去日本和中國台灣地區來港開業的迴轉壽司店，因為這些店各有特色，例如：一、價錢便宜，最平$8碟；二、壽司即叫即握；三、推出時令限定食材；四、採用每日由日本運到的新鮮食材；五、設會員優惠價。

借用形式

「迴轉壽司」借用日文全部漢字，再把「回」改成「迴」，把「転」改成「轉」，把「寿」改成「壽」。

形●｜音｜意｜改

088

放題

Fong3 Tai4

日本語

放題

hōdai

形● 音 意 改

日文「放題」是「喜歡怎樣就怎樣」。「放題」不可單獨使用，前面要加上動詞詞幹，例如：「食べ放題」（喜歡吃多少都行）、「漫画読み放題」（喜歡看多少本漫畫都成）。它未必是商業用語，例如「おもちゃ散らかし放題」（亂放玩具）。用「動詞詞幹＋たい＋放題」時多半是用來批評別人，例如：「言いたい放題」（大發議論）。香港常見的「放題」多與飲食相關，而且以「名詞＋放題」的形式出現，例如：「和牛燒肉放題」、「點心放題」。很多香港人都認為「放題」等於「自助餐」。

借用形式

「放題」借用日文全部漢字。

港式日語例句

老婆：我比較過日式放題嘅價錢，由百幾蚊到五百幾蚊都有。

我比較過日式放題的價錢，從一百多塊到五百多塊都有。

老公：今日你生日喎，我哋梗係要食最貴嘅啦。

今天是你的生日啊，我們當然要吃最貴的。

日語例句

この切符を買えば地下鉄が一日乗り放題です。

購買這種車票可以在一天內無限任搭地鐵。

089

Jat[1] 一 Hau[2] 口

日本語 一口サイズ

hitokuchi saizu

日文「一口サイズ」（サイズ即是 size）表示食物的大小，所以「一口」指「一口大小」的尺寸。香港人用「一口」來形容的食物有：一口菠蘿飽、糖醋一口豬扒、麻辣味一口豬肉乾、朱古力味一口威化餅、紅燒一口鮑等。另外，又有一口 size 急凍八爪魚、一口派對小食及大阪燒一口脆雞兩人餐等用語。香港有很多迷你一口系列的食物，例如：粽子、冰皮月餅、鍋貼、紫薯豆沙球、燕麥酥、班戟、蘋果批等。

借用形式

「一口」是中日「同形異義詞」，借用日文指「一口大小」尺寸的意思。

形 — 音 — 意 — 改

港式日語例句

香港近年很多學術會議、婚禮、新店開幕等場合，都會用一口小食到會。精緻的糕點、甜品、包點、小食都可以滿足賓客一面吃一面傾談的需要。

日語例句

一口サイズのケーキを一ダース買っておみやげにした。

我買了一打迷你一口蛋糕做手信。

090

Soeng[2] Mei[6] Kei[4] Haan[6]

賞味期限

日本語

賞味期限

shōmi kigen

日文全部漢字。

形●—音—意—改

日文「賞味期限」是指食物在規定的貯藏條件下的保證期限。日本的「賞味期限」是世界上最短的，確保食物不會在期限之前變壞。二〇二二年日本有超市推出「賞味期限」新方案，按照食品距離期限的長短來決定價錢，期限越短，價錢越便宜。香港政府規定，預先包裝的食物標籤一定要用中英文註明「此日期或之前食用」及 best before。違例者一經法庭定罪，最高刑罰是可被判處罰款五萬日元和監禁六個月。

借用形式

「賞味期限」借用

港式日語例句

香港政府食物標籤條例說明：預先包裝的食物是製造國家的土產或傳統產品，所加上的標記及標籤，可使用該國家的語文。但是日文漢字，例如：「賞味期限」則不能當作中文。

日語例句

缶詰食品は賞味期限を過ぎても食べられることが多い。

很多罐裝食品過期之後還能吃。

091

Mou[4] 無 Tim[1] 添 Gaa[1] 加

日本語 無添加 mutenka

日文「無添加」是不含防腐劑、不含有害化學添加劑的產品。這個詞在香港最早出現於一九九六年「無添加化妝品有限公司」將FANCL「無添加」產品引進，代言人化身「無添加」生活大使。日本很多食品、飲品輸入香港都標明「無添加」。香港借用後，市面上「無添加」的產品有：一、化粧品；二、食品；三、飲品；四、日常用品（例如：護膚品、沐浴露、洗衣液、洗髮露、護髮素）；五、建築素材、家具素材；六、裝修用品；七、寵物食品。這些產品，除了標明「無添加」化學添加劑之外，有些還會標明調味品、配料、物質。

借用形式

「無添加」借用日文全部漢字。

形 ● 音 — 意 — 改 —

港式日語例句

香港人注重健康，有食品商製造無添加臘腸、無添加海鮮醬料和無添加母嬰食品。

日語例句

彼女は朝ごはんに無添加ヨーグルトを食べる。

她早餐吃無添加乳酪。

092

Ci^{3} San^{1}

刺身

日本語

刺身

sashimi

日本的「刺身」多數是海鮮，例如：三文魚、吞拿魚、油甘魚、拖羅、帆立貝、海膽、赤貝、蝦、墨魚等。蘸著日本豉油加 wasabi 的醬料及紫蘇葉吃刺身，特別有滋味。香港人一般叫刺身做魚生或 sashimi。酒店、刺身壽司專門店、日式餐廳、超市都可以吃到堂食或外賣「魚生」。網上有個群組叫「香港壽司刺身關注組」，組員發放最新資料。由此可見香港人多愛吃刺身。

借用形式

「刺身」借用日文全部漢字。

形● — 音 — 意 — 改

093

天婦羅

Tin^{1} Fu^{5} Lo^{4}

日本語 てんぷら（天婦羅）

tenpura

「天婦羅」原本是十六世紀傳教士從南歐傳到日本的。香港人可以吃到日本專門店的地道天婦羅丼飯定食、天婦羅蕎麥麵定食等美食。在家自己可以做「天婦羅」。先做蛋汁麵衣，然後沾在蝦與蔬菜（南瓜、辣椒、甘菇、茄子）後炸，吃時沾醬料（蘿蔔蓉加醬油）會更見滋味。

借用形式

日文「てんぷら」用漢字時可以寫成「天婦羅」或「天麩羅」。香港借用了全部漢字。

形● 音 意 改

094

Mei^{6} 味 Zang^{1} 噌 Tong^{1} 湯

日本語 味噌汁 misoshiru

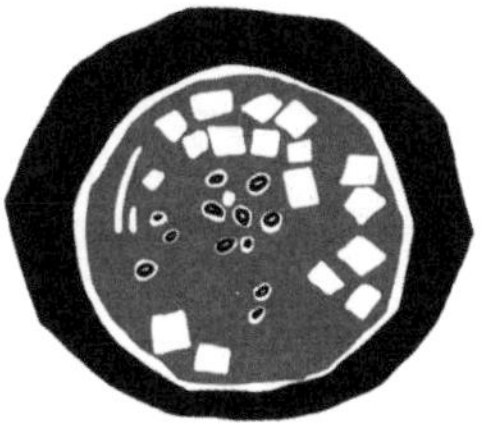

「味噌」是日式麵豉，很有營養，所以日本人常用來做湯，叫做「味噌汁」，香港人稱之為「麵豉湯」。湯裡面可以加海藻、豆腐、油揚、蜆、蔬菜等。香港日本餐廳的餐牌寫的是半中半日的「味噌湯」。「味噌」和「味精」發音相近，有些人將兩者混淆不清，其實「味噌」是用豆、米、麥等原料發酵而成的，而「味精」則是人工調味品。

借用形式

「味噌湯」借用日文漢字「味噌」，再將類後綴「汁」意譯成「湯」。

形◐ — 音 — 意◐ — 改

095

Mut^{6} 抹 Caa^{4} 茶

日本語 抹茶 matcha

「抹茶」是一種優質綠茶粉末，傳統上日本人愛用熱水沖飲，味道有點苦澀，常與很甜的糕點一起享用。香港人喜歡喝抹茶牛奶，也喜歡吃抹茶蛋糕、雪糕、大福、馬卡龍、餅乾、布甸等食物。香港有食品商製造抹茶紅豆月餅。有調查指出，抹茶不但可以提神，而且可以減壓。香港有很多喜歡「抹茶」食品和飲品的人，被稱為「抹茶控」。

借用形式

「抹茶」借用日文全部漢字。

形● — 音 — 意 — 改

096

Cing1 **清** Zau2 **酒**

日本語 清酒 seishu

「清酒」是日本人只用水、米和麴，通過自然發酵方式製造的酒，也可以稱之為「日本酒」nihonshu。大部分清酒的酒精度是十五度。日本人下班喜歡去酒吧或居酒屋喝清酒。清酒有甘口和辛口兩種，按不同的濃度可以加冰。本港有日本酒專賣店，出售多款清酒，顧客也可以到店內試飲。有香港人釀造本地清酒。

借用形式

「清酒」借用日文全部漢字。

形 ● 音 ○ 意 ○ 改 ○

097

Mui4 **梅** Zau2 **酒**

日本語 梅酒 umeshu

日本「梅酒」只用梅、糖、酒製造的，稱為「本格梅酒」(日文本格＝正宗)。一般的梅酒會加上其他材料，例如：蜂蜜梅酒、柚子梅酒、綠茶梅酒、黑糖梅酒。「梅酒」味道酸甜，酒精一般都在十五度以下。威士忌梅酒酒精約十五度。「梅酒」夏天加冰、果汁，冬天加熱水、檸檬都非常可口，女士多喜歡喝。香港超市、網上都可以買到日本「梅酒」。香港也有本地製造的梅酒出售。

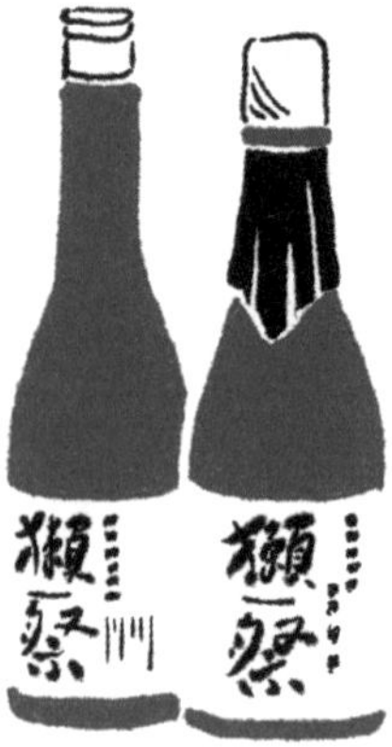

借用形式

「梅酒」借用日文全部漢字。

形 ● 音 ○ 意 ○ 改 ○

098

Daai6 **大** Fuk1 **福**

日本語 大福

daifuku

「大福」這個名字，香港人一聽就覺得是好意頭。日本最初只有糯米皮包紅豆餡的紅豆大福，後來有：豆大福、草大福、士多啤梨大福及雪糕餡的「雪見大福」等。香港有一間甜品店，製造新款大福，例如：脆皮 Oreo 芝士大福、宇治抹茶牛乳布甸大福及紫薯朱古力大福等。

借用形式

「大福」借用日文全部漢字。

形● ｜音｜意｜改

099

Maa4 **麻** Syu4 **糬**

日本語 餅

mochi

「麻糬」源自日文「餅」的讀音 mochi，而 mochi 指用糯米（日文 mochigome）做的傳統小點心，例如：年糕、糰子、櫻花餅、草餅、厥餅。近年出現融合西式糕點烹調術製造的新款「麻糬」。香港有人喜歡吃傳統的，但是更多人喜歡吃新款的，例如：麻糬曲奇、麻糬蛋糕、麻糬鬆餅、麻糬麵包、麻糬馬卡龍等。二〇二一年香港有幾間糕餅店聯合舉辦麻糬節，出售新款麻糬。香港有糕餅店推出麻糬蛋糕燒系列，味道有：朱古力曲奇、肉鬆、蜂蜜鮮忌廉等。

借用形式

「麻糬」是日文「mochi」的音譯詞。

形｜音● ｜意｜改

100 Wasabi

Waa³ Saa¹ Bi⁴

日本語 わさび wasabi

香港人買壽司吃的時候，售貨員可能問：「要唔要 wasabi 呀？」Wasabi 是吃壽司或刺身時伴隨的綠色芥末，但可能是因為中文「芥末」一般指黃色的 mustard，所以香港人就直接用日文 wasabi。香港人經常說 waa³ saa¹ bi⁴，但其實比較接近日文發音的是 waa¹ saa⁴ bi⁴。香港也有人把 wasabi 叫做「日本芥辣」。

借用形式

音譯日文「わさび」及借用日文羅馬字「wasabi」拼寫。

形｜音●｜意｜改

101 Cosplay

Kos¹ Plei¹

日本語 コスプレ kosupure

Cosplay 是指日本人用服裝、髮型、道具的造型去模仿漫畫、動漫、電腦遊戲的虛擬人物，但是也有粉絲模仿視覺系樂隊的造型。那些扮演的人叫做 cosplayer，香港人稱 coser。在日本全年都舉辦不同的大型 cosplay 活動，例如：二〇二一年世界 cosplay 高峰會在名古屋舉行，也有線上直播，選出全球最佳 coser。在香港的動漫節、萬聖節、Comic World 香港、Rainbow Gala 同人誌即賣會都有很多悉心打扮的 coser 出現。

借用形式

音譯和製英語 cosplay（來自 costume ＋ play）及借用其拼寫。

形｜音●｜意｜改

102

忍者

Jan2 Ze2

日本語 忍者

ninja

「忍者」是日本古時使用忍術的間諜。日本的忍者博物館亦成為觀光熱點。香港人除了喜歡看「忍者」的漫畫、動漫、電影之外，有立法會選舉團隊打扮成「火影忍者」。近年「忍者攀爬」成為新興運動，香港出現小忍者體驗班、忍者成人訓練班。又有忍者障礙賽，考驗攀爬者的體能耐力。香港都可以買到忍者系列的玩具、忍者服飾、忍者鞋、DVD等。有商場設置忍者主題打卡區，包括忍者經典屋簷，讓人拍照。

借用形式

「忍者」借用日文全部漢字。

形	音	意	改
●			

103

寵物小精靈

Cung2 Mat6 Siu2 Zing1 Ling4

日本語 ポケモン

Pokemon

電子遊戲「寵物小精靈」一九九六年推出後大受歡迎，公司相繼推出動畫、電影、卡牌遊戲及活動等。這些產品已經成功進入很多國家，使用中文的地方翻譯成不同的譯名。公司統一官方網頁中文譯名是「寶可夢」，但是香港人仍然喜歡用「寵物小精靈」和 Pokemon。香港有人組成「寵物小精靈聯盟」。二〇一六年 Pokemon GO 令很多香港人瘋狂捕捉小精靈。二〇二二年推出《寶可夢傳說：阿爾宙斯》，香港粉絲有讚有彈（貶）。

借用形式

「寵物小精靈」按「ポケモン」內容改寫而來。

形	音	意	改
			▲

104

Ming^{4} Zing^{1} Taam^{3} O^{1} Naam^{4}
名偵探柯南

《名偵探柯南》是青山剛昌一九九四年開始在少年週刊連載的推理漫畫。一九九六年製作成電視動畫，一九九七年製作成電影。日本多次舉辦柯南展覽，又有多間柯南主題咖啡店、柯南音樂會。

日本語 名探偵コナン Meitantei Konan

二〇二〇年被日本少年選為「十大推薦漫畫」之一。二〇一八年《名偵探柯南：零的執行人》在日本刷新了 TV 動畫系列的最高票房。香港有不少粉絲追看柯南漫畫及電影。二〇二三年《名偵探柯南：黑鐵的魚影》首次在港澳上映粵語配音版。

借用形式

「名偵探柯南」借用日文「名」後，意譯「探偵」為「偵探」，再音譯「コナン」為「柯南」。

形◐ 音◐ 意◐ 改

105

Mei[5] 美 Siu[3] 少 Neoi[5] 女 Zin[3] 戰 Si[6] 士

日本語 美少女戦士セーラームーン

Bishōjo Senshi Sērāmūn

《美少女戰士》是武內直子一九九二年至一九九七年在雜誌連載的漫畫，香港也有發行繁體中文版本。日本後來有電視動畫，香港的電視也有播出，而且有粵語主題曲。香港有美少女戰士專門店、主題餐廳、服飾、精品等。有不少商場都舉辦美少女戰士展覽會，吸引粉絲朝聖。香港有個中年男子，收集了數千件美少女戰士產品。有些女明星打扮成美少女戰士，吸引傳媒追訪。八達通推出Q版美少女戰士配飾，掀起熱潮。

借用形式

「美少女戰士」借用日文「美少女戦士セーラームーン」全部漢字，將「戦」轉寫成「戰」，同時刪除片假名「セーラームーン」。

形◐ 音— 意— 改—

106 海 賊 王

Hoi^{2} Caak^{6} Wong^{4}

日本語

One Piece

Wan Pīsu

《海賊王》是尾田榮一郎一九九七年開始在週刊少年 Jump 連載的漫畫，在世界各地都有翻譯本。日本有海賊王展覽會、紀念館、草帽專賣店。二〇二一年慶祝動畫播映一千集，香港多個商場舉辦慶祝活動。香港天下出版社採用書面語進行翻譯，到二〇二二年已經出版一百〇一期。二〇二二年正在 ViuTV 播出一千〇十三集《海賊王》動畫。網選出 TOP 10 必看人氣漫畫排行榜，《海賊王》名列第四。為了慶祝《海賊王》連載二十五年週年，有公司推出海賊王 T 恤、Card Game、限量版新款手錶。

借用形式 「海賊王」按「One Piece」內容改寫而來。

形 | 音 | 意 | 改▲

107 摺 紙

Zip^{3} Zi^{2}

日本語

折紙

origami

「摺紙」是由「日本摺紙之父」吉澤章開創的藝術。一九五四年出版《摺紙讀本》後，他到世界各地推廣摺紙藝術，同時展出他的作品。現代日本摺紙大師神谷哲史曾在美國摺紙協會學習紙藝，代表作是一條有爪角鱗的中國龍。香港摺紙專家陳柏熹創立「香港摺紙協會」。除了舉辦摺紙課程，又將摺紙技術融入服飾、室內設計、日常用品等市場。

借用形式 「摺紙」借用日文漢字「紙」，將「折」轉寫成「摺」。

形● | 音 | 意 | 改

108

登場
Dang1 Coeng4

日本語 登場 tōjō

指「新的產品發售、店鋪開業」的意思。

形—音—意—改

港式日語例句

港式奶茶自推出以來，得到很多粉絲支持。經過不斷改良後，現今全新登場。

日語例句

テイクアウト専門店が渋谷に新登場したらしい。

聽說外賣專門店在澀谷新登場了！

中文「登場」指一個或者一些人上台表演，例如：「粉墨登場」。日文的「登場」不但指人，還可以指新的產品發售、店鋪開業等。「登場」還會以「新登場」、「再登場」的形式出現。香港借用這個詞後，網上可以看見很多不同樣式的「登場」用語，例如：新網站登場、人氣商品新登場、四大期間限定店新登場、日本人氣班戟再登場、開心樂園餐再登場、香港藝術節下月登場、Windows 11 正式登場等。

借用形式

「登場」是中日「同形異義詞」，借用日文「登場」

109

開催 Hoi1 Ceoi1

日本語

開催

kaisai

借用形式

「開催」借用日文全部漢字。

形● 音 意 改

港式日語例句

各大名牌服裝年度激安開催，低至五折。

各大名牌服裝年度超優惠開賣，低至五折。

日語例句

ビートルズの写真展がお台場で開催中だ。

台場正在舉辦披頭四攝影展。

日文「開催」指開幕／開始／舉辦／舉行，例如：「三週年コンサート開催決定」（決定舉辦三週年紀念演唱會）。香港全部借用了日文所指的這四個意思。一、開幕，例如：本地首間旗艦店開催；二、開始，例如：今天開催一連兩週感謝節；三、舉辦，例如：演唱會「○○ Tour 2023 in Hong Kong」開催決定；四、舉行，例如：一週年感謝祭開催。正在舉辦的活動也經常用日文「開催中」來表達。除了借用「開催」這個詞之外，也借用了日文的詞序，如：開催決定（決定舉辦）、報名開催（開始報名）。「開催」內容包括：演唱會、賽馬、展覽會、感恩祭等。香港出現的「報名開催」是日本所沒有的。

110

Jan4 **人** Hei3 **氣**

日本語

人気

ninki

借用形式

「人氣」是中日「同形異義詞」，借用日文「人気」指「人、事、物受歡迎」的意思。將「気」轉寫成「氣」。

形—音—意—改

中文「人氣」用來表示人的氣息、生機。日文「人気」有兩個讀音：一個是hitoke，讀這個音時跟中文的意思差不多；另一個讀音是ninki，意思是「人、事、物受歡迎」。以前中文沒有這個意思，所以日本人學中文的時候，老師會提醒學生不可以用「人氣」來表示「受歡迎」。不過現在的中文辭典已經把「人氣」解釋為「人或事物受歡迎」。香港可以看到：人氣推薦商品、人氣大獎、人氣景點、人氣服飾。香港有一首粵語歌曲叫《人氣急升》，其實日本人不會說「人氣急升」，只會說「人氣急上升」。

港式日語例句

日本藥妝店登陸，分店遍及香港、九龍、新界。藥妝店推薦十款人氣必買商品，大家不要錯過機會。

日語例句

彼らは香港で人気急上昇のバンドです。

他們是在香港人氣急升的樂隊。

111

Fong³ 放 Sung³ 送

日本語 放送 hōsō

「放送」的意思是「廣播」或「播出」，中文也一樣，例如：香港製作的一個日本旅遊節目叫《Go! Japan TV 日本大放送》。近年「放送」在香港多了一個意思，指「贈送」，例如：美食放送。這個詞通常以「〇〇大放送」或「〇〇優惠大放送」的形式出現，例如：「吉卜力動畫世界」門票大放送、一元福袋大放送、旅遊優惠大放送、動漫電玩節加碼優惠大放送等。

借用形式

「放送」借用日文全部漢字。

形● 音 意 改

港式日語例句

新年大放送！在新年期間凡購買任何正價產品，即可享八折優惠。

日語例句

開会式がテレビで放送されました。

開幕式在電視上播出了。

112

Gung1 **攻** Loek6 **略**

日本語 **攻略** kōryaku

日文「攻略」本來指「進攻、奪取」，但是現今指「具備最佳策略達到目的」。香港借用後，出現在旅遊、打機、購物、學習、考試、學生出路、請假、追求異性、育嬰等資訊中。例如：二○二二香港旅遊攻略、電玩遊戲攻略、消費券購物攻略、IELTS 考試攻略、自主學習攻略、DSE 放榜攻略、打工仔必睇請假攻略、追女仔必勝攻略、新手育嬰全攻略。至於各式各樣的「攻略本」都可以買到，例如：「超懷舊香港遊戲雜誌攻略本」、「香港動物森友會完全攻略本」。

借用形式

「攻略」是中日「同形異義詞」，借用日文「攻略」指「具備最佳策略達到目的」的意思。

形—音—意—改

港式日語例句

在香港旅遊發展局網站可以看到「暢遊香港海洋公園攻略」。

日語例句

この本にはゲームの攻略法が書いてある。

這本書是教玩家怎樣提升電子遊戲技能的書。

113

Zi1

の

日本語

の

no

「の」這個平假名很特別，在華人世界非常受歡迎。香港人只是將「の」讀成「之」，並沒借用「の」的日文的讀音 no。由此可見，「の」單單用來代替「之」的書寫方式。香港人最早看到「の」可能是在日本調味品「味の素」一詞中。在日文語法上，「の」的前面一定是名詞，形容詞或動詞詞組後面不能用「の」。香港則出現以下三種情況：一、名詞加「の」，例如「洗手間の掃除術」、「味の誘惑」；二、形容詞加「の」，例如「好食の蛋糕」、「悠閒の精品」；三、動詞加「の」，例如「日本必買の薬粧」、「食の劇場」。

借用形式

借用日文平假名「の」。

形●	音	意	改

港式日語例句

有一間香港零售連鎖店的招牌寫著「優の良品」，但是香港人都叫它「優之良品」。

日語例句

私の会社には二種類の人がいる。忙しい人と暇な人だ。

我的公司有兩種人：很忙的人和很閒的人。

114

Kei[4] 期 Gaan[1] 間 Haan[6] 限 Ding[6] 定

日本語

期間限定

kikan gentei

日文「限定」的意思是只有、限制。在日本使用「○○限定」的詞，大致可分為四種：一、時間，例如：期間限定；二、空間：例如：九州限定；三、數量，例如：鬼滅の刃限定版；四、範圍，例如：會員限定。「期間限定」指在規定時間內才可以購買或參與。香港借用後出現：一、期間限定店，有報導提供不同期間限定店的消息；二、期間限定產品，例如：秋季期間限定新品；三、期間限定活動，例如：期間限定聖誕活動日；四、期間限定展覽，例如：港大建築展覽館期間限定展覽「Public Home – Hong Kong」；五、期間限定贈品，例如：期間限定送啤酒；六、期間限定置業，例如：新年期間限定置業優惠。

借用形式

「期間限定」借用日文全部漢字。

形●—音—意—改

港式日語例句

鬼滅之刃香港期間限定店開幕，因限制進入人數而且貨品短缺，令很多粉絲不滿。

日語例句

桜のデザートは期間限定なので、お早くお求めください。

櫻花甜品期間限定提供，請務必提早購買。

115

第○彈

Dai[6] Daan[2]

日本語 第○弾

dai ○ dan

日文「第一彈」指推出一系列產品、活動、優惠、講座的頭炮。在香港可以看到有關「第一彈」的使用可分以下四種：一、「產品＋第一彈」，例如：日本動漫T恤第一彈；二、「活動＋第一彈」，例如：聖誕活動第一彈；三、「優惠＋第一彈」，例如：二〇二二年優惠第一彈；四、「講座＋第一彈」，例如：國際講座第一彈。「第二彈」有：二十週年紀念第二彈套裝。「第○彈」的○可以很大，例如：模型系列第二十彈、氣質優雅連衣裙第一百彈。另外，「第○彈」也可以放在前面，例如：第三彈最新三層口罩。

借用形式

「第○彈」借用日文全部漢字。

形● — 音 — 意 — 改

港式日語例句

人氣拉麵店推出多重優惠。第一彈：買一送一；第二彈：特價二人套餐；第三彈：送現金券。

日語例句

世界一周旅行の第一弾はカナダに行く予定です。

環遊世界的第一站我打算去加拿大。

116

San[1] **新** Faat[3] **發** Maai[6] **賣**

日本語

新発売

shinhatsubai

形●　音　意　改

「發賣」日文同中文一樣都是指「發售」。在香港網上看見「發賣」寫成「発売」（発売是日本漢字字體）。「新發賣」的意思是「開始發售新產品」。香港沿用在日文中出現的兩種形式：一、「產品＋新發賣」，如：冰淇淋機新發賣；二、「新發賣！＋句子」，例如：新發賣！新店推出新款生日蛋糕。在香港還多出現兩種形式：三、「新發賣＋產品」，例如：新發賣節日精選套餐；四、「產品＋英文＋新發賣」，例如：香港網上商店（New Product 新發賣）。「新発売」也可以說「新品発売」，香港借用後翻譯成「新品發賣」。

借用形式

「新發賣」借用日文漢字「新」，將「発売」轉寫成「發賣」。

港式日語例句

網上定購本公司新發賣商品，如果收到不良商品請儘快通知我們，收到後超過三天恕不退換。

日語例句

今日から抹茶味のアイスクリームが新発売です。

從今天起發售抹茶雪糕。

117

素肌

Sou3 Gei1

日本語

素肌

suhada

港式日語例句

無需卸妝的素肌粉，日夜都可以使用。

日語例句

弾力のある素肌を保つには日ごろのスキンケアが必要だ。

要保持有彈力的皮膚，平時都要呵護皮膚。

「素肌」指無添加任何東西的皮膚。日本人稱讚女士皮膚很漂亮會說：きれいな素肌ですね。香港的日本商品用素肌做賣點，例如：用了化妝品不像化了妝、塗上護膚品會令皮膚更亮麗。而衛生棉、絲襪、沐浴乳、無痕內衣……等使用後，皮膚不會不舒服。

借用形式

「素肌」借用日文全部漢字。

形●—音—意—改

大〇〇（一）

Daai[6]

中文和日文都有「大〇〇」這個語法結構。中文「大」＋名詞較常見，例如：「大公司」。但是「大」＋動詞或形容詞就較少，多半是固定組合，例如「大吃大喝」、「大忙人」。日文「大」可以搭配的「〇〇」比較多，放在動詞、形容詞或名詞前面作修飾語，例如：大公開、大成功、大特集。在日本報章標題、電視節目名稱、廣告上出現的「大〇〇」經常放在句末，作為吸引讀者注意的手法。香港不但借用了日文這些「大〇〇」的詞組，而且也借用「大〇〇」出現在句末的語法結構。

118

大公開

Daai[6] Gung[1] Hoi[1]

日本語 大公開 daikōkai

日文「大公開」指毫無保留地，將私人或機構的資料（物品）與別人分享。香港借用後出現：攝影秘訣大公開、養顏湯水大公開、日本動畫手稿大公開。

借用形式

借用日文漢字「大公開」，也借用日文「大〇〇」出現在句末的結構。

形● ｜音 ｜意 ｜結構 ※

119

大募集

Daai^{6} Mou^{6} Zaap^{6}

日本語 大募集 daiboshū

日文「大募集」指大規模召募／徵求：一、人才；二、物資；三、意見；四、名稱。香港借用一、二、三的用法，例如：義工大募集、愛心二手衣大募集、標語創作大募集。

借用形式

借用日文漢字「大募集」，也借用日文「大○○」出現在句末的結構。

形 ● — 音 — 意 — 結構 ★

120

大割引

Daai^{6} Got^{3} Jan^{5}

日本語 大割引 ōwaribiki

日文「大割引」表示大減價。香港出現的形式：一、「中文＋大割引」，如：主打產品大割引；二、「日文＋大割引」，如：激安大割引。「割引券」的意思是優惠券，香港借用後出現：電子割引券。

借用形式

借用日文漢字「大割引」，也借用日文「大○○」出現在句末的結構。

形 ● — 音 — 意 — 結構 ★

121

大 Daai6 作 Zok3 戰 Zin3

日本語 大作戦 daisakusen

日文「大作戦」指為了達到某個目標而奮鬥。香港轉播日劇《プロポーズ大作戦》時中文譯名是《求婚大作戰》。香港有個電視節目叫《求愛大作戰》。有一個報導護膚知識的標題叫《夏日毛孔大作戰》。

借用形式

借用日文漢字「大作戦」，將「戦」轉寫成「戰」。也借用日文「大〇〇」出現在句末的結構。

形● — 音 — 意 — 結構✱

122

大 Daai6 成 Sing4 功 Gung1

日本語 大成功 daiseikō

日文「大成功」指一件事做得非常成功。香港借用後出現：學車考牌大成功、減肥大成功、抗疫大成功。

借用形式

借用日文漢字「大成功」後，也借用日文「大〇〇」的結構。

形● — 音 — 意 — 結構✱

Gik[1] 激 ○

中文「激」作程度副詞修飾動詞時，表示「強烈地」，例如：激增、激減。日文也有激增、激減這些詞，但是日文的「激」還可以跟形容詞詞幹組合，例如：激安（超便宜）、激辛（超辣）、激萌え（令人十分喜愛）。受到日文影響，中文「激」也開始用來表示「非常」。香港衍生了新詞「激平」（超便宜）。

123 Gik[1] 激 On[1] 安

日本語 激安 gekiyasu

在日本商店的商品上面經常貼著「激安」的標誌，表示價錢非常便宜。日文中「安」是「安い」。香港人直接借用「激安」這個說法，例如：激安特價區、激安優惠、「激安一番賞」優惠套裝。

借用形式

將「激＋形容詞」語法結構與組合漢字「安」一同借過來。

形● 音 意 結構★

124

Gik1 **激** Mang4 **萌**

日本語

激萌え

gekimoe

「激萌」指令人十分喜愛，例如：ドーナツに激萌え（令人十分喜愛的甜甜圈）、激萌えなパンダ（令人十分喜愛的熊貓）。香港在「激萌」前面加上「超」：超激萌照片、超激萌精品、超激萌動漫、龜仙人散步畫面超激萌。

借用形式

將「激＋形容詞」語法結構與組合漢字「萌」一同借過來後，刪除「え」。

形● 音 意 結構★

125

Gik1 **激** San1 **辛**

日本語

激辛

gekikara

「辛」指辣，「激辛」指非常辣，例如：激辛豚骨拉麵、激辛咖哩薯片。另外，又有激辛咖哩味波子汽水、激辛沖繩黑糖薑母茶。香港有些人愛吃這些「激辛」的食物。日本每年都舉行「激辛グルメ祭り」（激辛美食節）。二〇二一年東京電視台製作的《激辛道》將吃辣比喻成人生的磨練。

借用形式

將「激＋形容詞」語法結構與組合漢字「辛」一同借過來。

形● 音 意 結構★

Wo^{4}

和〇

「和〇」這個語法結構的「和」指日本，是日文獨有的。大和民族日本在中國漢朝時被稱為「倭國」，當時皇帝送給使者「漢封倭奴國王金印」，現藏於福岡市立博物館。倭人因為「倭」有貶義，以「和」字代替，建立大和民族，最後改稱為日本。到了明治維新，大量西方的人、事、物、思想、知識湧入，日本人用「和」字來與「洋」字做對比，代表日本和西洋，例如：

一、和風（日本風格）：洋風（西洋風格）
二、和食（日本菜）：洋食（西餐）
三、和服（日本傳統服裝）：洋服（西式服裝）
四、和樂器（日本樂器）：洋樂器（西洋樂器）
五、和菓子（日式糕點）：洋菓子（西式糕點）
六、和式（日式）：洋式（西式）
七、和紙（日本書法用紙）：洋紙（印刷用紙）
八、和室（日式設計房間）：洋室（西式設計房間）

以上「和〇」的構詞方式都屬於偏正結構。

日本後來發展出「和洋折衷」（日本和西洋合璧）的混合體。

一、和洋折衷建築：將日本傳統建築與西洋傳統建築的優點融為一體的建築，例如：一八七二年興建的東京第一國立銀行本店、一九〇九年興建的橫濱山手資料館。二、和洋折衷料理：將西洋的食材或烹調術與日本料理融合的食物，例如：明太子意粉、和風漢堡包。三、和洋折衷婚禮料理：婚禮的宴會中提供日式和西式食物。

126

Wo^4 **和** Fung^1 **風**

日本語

和風

wafū

「和風」指具日本風格／風味的東西。在日本常看到：和風建築、和風ハンバーグ（日式漢堡）、和風喫茶（日式咖啡店）。在香港可以看到：和風下午茶、和風打卡位、和風室內設計等。又能看到：和風禮品套裝、和風沙律、日式和風小屋。

借用形式

將「和〇」語法結構和組合漢字「風」一同借過來。

形●—音—意—結構★

127

Wo^4 **和** Ngau^4 **牛**

日本語

和牛

wagyū

「和牛」分多個等級。等級越高，吃起來肉質越鮮嫩多汁。香港有不少餐廳可以吃到頂級和牛定食、牛壽喜燒定食、和牛盛合。和牛不同肥瘦、脂肪比例、部位都供應不同的醬汁。有些餐廳客人自己煮熟，有些餐廳的店員會幫客人煮熟。

借用形式

將「和〇」語法結構和組合漢字「牛」一同借過來。

形●—音—意—結構★

128

Wo⁴ Sik⁶

和食

日本語

和食

washoku

「和食」以前日本人指一汁三菜（一碗湯＋一個主菜＋兩個配菜），現代指日本料理。有些餐廳同時提供和食、洋食、中華三種料理。香港有日本餐廳叫「〇〇和食屋」、「〇〇和食料理」。香港傳媒喜歡叫那些來香港開店的日本餐廳做「和食過江龍」。

借用形式

將「和〇」語法結構和組合漢字「食」一同借過來。

形● — 音 — 意 — 結構★

129

Wo⁴ Gwo² Zi²

和菓子

日本語

和菓子

wagashi

「和菓子」是日本人伴茶的精緻甜品。一般分為生菓子、半生菓子、乾菓子三種。現在很多和菓子店鋪都開創出全新風格，不但味道很好，而且賣相極美。有香港人到日本參加和菓子體驗課程。其實香港已經有和菓子線上課程、和菓子講師證書課程。

借用形式

將「和〇」語法結構和組合漢字「菓子」一同借過來。

形● — 音 — 意 — 結構★

130

Wo^4 和 Fuk^6 服

日本語

和服

wafuku

「和服」是日本傳統服裝。現代日本人在成人式（十八歲）、結婚、參加典禮、出席宴會，仍然有人穿和服。有些香港人去日本體驗穿和服拍照，在景點附近都有和服出租店。香港有一間餐廳的下午茶包和服、髮飾、木屐、日式紙傘，顧客可以穿和服拍照。

借用形式

將「和〇」語法結構和組合漢字「服」一同借過來。

形●—音—意—結構★

○道
Dou6

古漢語「○道」其中一個意思指「武藝」。現代漢語不用「○道」，用「○術」、「○法」，例如：武術、書法。日本借用「○道」後一直採用，用來表示一種通過學習「武道」或「藝道」來提升做人的修養和品格，達到至善境界的活動。「武道」包括：柔道、劍道、空手道、弓道（射箭）、居合道。「藝道」包括：茶道（茶藝）、華道（插花）、書道（書法）、舞踊（舞蹈）、歌道（唱歌）。中日交流，中文又借用日文「○道」的語法結構。

131 茶道

Caa4 Dou6

日本語 茶道 sadō

古代日本僧侶在中國學會茶藝，回日本後發展成「茶道」。「茶道」嚴格的儀式是為了讓喝茶的人體驗到「和敬清寂」（天人合一）、「一期一會」（一生一次相逢）。香港「茶道」除了指日本傳統茶道之外，還會指中國的茶藝，例如：香港著名茶道家，近代中國茶文化開拓先鋒。香港有些「茶藝課程」包括沖泡及品嚐不同種類的日本茶。

借用形式

將「○道」語法結構與組合漢字「茶」一同借過來。

形● — 音 — 意 — 結構★

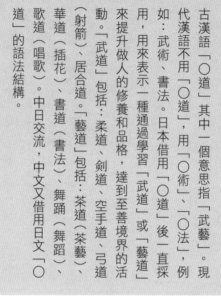

132

Faa1
花
Dou6
道

日本語

花道

kadō

「花道」（華道）是源自中國，在日本形成的一種插花藝術。「花道」有許多種流派，池坊流、小原流、草月流可稱為主流。「花道」的目的是通過插花來提高個人修養。香港有「池坊花道」課程、「草月流花道」課程、「小原流花道」課程。香港除了借用「花道」之外，還會用「華道」、「日式插花」、「日式花藝」。

借用形式

將「〇道」語法結構與組合漢字「花」一同借過來。

形●—音—意—結構★

133

柔 道

Jau4 Dou6

日本語 柔道 jūdō

「柔道」已經成為奧林匹克比賽項目。一八八二年嘉納治五郎改良日本古武道柔術，發展成學校體育課程。柔道的技巧是以柔克剛，目的是與對手互相尊重，分享學習成果。香港最初由日本人教授柔道，到一九六五年明愛中心開辦柔道班才較多人學習。中國香港柔道總會一九七〇年創立。

借用形式

將「〇道」語法結構與組合漢字「柔」一同借過來。

形 ● — 音 — 意 — 結構 ★

134

空 手 道

Hung1 Sau2 Dou6

日本語 空手（道） karate (dō)

「空手道」已經成為奧林匹克比賽項目。起初琉球人將日本與中國武術結合稱為「唐手」，後來發展成學校體育課程，改名「空手」。空手道的技巧是徒手格鬥，目的是培養出理想的人格。一九六四年開始有日本人教授空手道。中國香港空手道總會一九七四年創立。

借用形式

將「〇道」語法結構與組合漢字「空手」一同借過來。

形 ● — 音 — 意 — 結構 ★

○ 食

Sik^6

「○食」的「食」字指一頓飯，是日文獨有的語法結構。日本人通常一天在家只是吃「三食」（三餐）：「朝食」（早餐）、「昼食」（午餐）、「夕食」（晚餐）。下午三點孩子肚餓的時候，媽媽會給孩子吃蛋糕、班戟、銅鑼燒等甜點，一般稱為 oyatsu。應考生為了準備考試，讀書讀到半夜，媽媽會煮些食物給孩子，幫孩子加油，一般稱為「夜食」。

至於在外面食肆吃「三食」，可供選擇的有「和食」（日本菜）、「洋食」（西餐）、「中華料理」（中國菜）、「精進料理」（素食），全部有「定食」（套餐）。

如果趕時間，不太餓，去郊遊，參觀，吃的食物通常份量比較少，一般稱為「軽食」。

135

朝食

Ziu^1 Sik^6

日本語 朝食 chōshoku

「朝食」即是早餐。日本餐廳的菜單裡「朝食」分「和食」和「洋食」兩種。和食有：烤魚、玉子燒、白飯、納豆、味付紫菜、味噌湯、漬物。香港「朝食」餐牌，分「和風」和「洋風」兩種。和風有：三文魚茶漬飯、野菜煎雞、玉子燒、溫泉玉子、燒鮭魚、三角飯糰、椰菜沙律、冷豆腐、味噌湯、漬物等。

借用形式

將「○食」語法結構與組合漢字「朝」一同借過來。

形●—音—意—結構★

136

Ding^{6} 定 Sik^{6} 食

日本語

定食

teishoku

「定食」即是套餐。日本有個笑話：老師出了一道題考四字成語：(　)肉(　)食。答案是「弱肉強食」，但是有個學生填的是「燒肉定食」。香港的日本餐廳早餐、午餐、晚餐都有「定食」。除了一人前，還有二人前定食，包括主菜、飯、麵、味噌湯、前菜、茶碗蒸、漬物、飲品。

借用形式

將「〇食」語法結構與組合漢字「定」一同借過來。

形● — 音 — 意 — 結構★

137

Hing^{1} Sik^{6}

輕食

日本語

軽食

keishoku

「輕食」的意思是「吃份量少的食物」，常出現在「輕食喫茶」（輕食咖啡店）。雖然份量少，沒有「吃得健康」的意思，因為在咖啡店的「輕食」有：炸雞、炸薯條、咖喱牛肉飯、香腸、薄餅等。香港有些日式咖啡店也賣炸雞、蛋糕、布甸、咖哩牛肉飯等食物。另外，香港出現一些「健康輕食店」出售果汁、沙律、低卡杯麵、素菜等食物。

借用形式

將「〇食」語法結構與組合漢字「軽」一同借過來後，轉寫成「輕」。

形● 音 意 結構★

〇〇燒（一）

Siu1

香港人一般稱燒烤的食物作「燒〇」例如：燒味、燒鵝、燒肉，把「燒」放在前面。而日本人稱燒烤的食物作「〇〇焼き」，把「焼」放在後面。這跟日文「賓語＋動詞」的詞序有關。另外，「焼」的方法、方式一般都放在後面，例如：「〇〇炒め」、「〇〇蒸し」。

日本有很多「〇〇焼き」的食物，香港只是借用「〇〇燒」，將「き」省略。

日本「〇〇燒」的命名的方式有很多種，例如：一、表示用工具煎的「鐵板燒」；二、以材料命名的「章魚燒」；三、以形狀命名的「鯛魚燒」；四、以賣相命名的「照燒」。

138

Tit3 Baan2 Siu1
鐵板燒

日本語 鉄板焼き teppanyaki

廚師在顧客面前將食材在熱鐵板上煎熟。香港套餐有：厚切和牛、龍蝦、帶子、鮑魚、海膽。

借用形式

將「〇〇燒」語法結構與組合漢字「鐵板」一同借過來。將「焼」轉寫成「燒」，再刪除「き」。

形● — 音 — 意 — 結構★

139

壽喜燒

Sau6 Hei2 Siu1

日本語 すき焼き sukiyaki

「壽喜」是音譯近似「すき」(suki)的音並採用吉祥的字。關西式：用油先炒牛肉，然後放入配料。關東式：用壽喜燒汁先煮配料，最後才放牛肉。兩者都是牛肉一熟就夾出來，沾生蛋汁吃。香港有以上兩種食法。以肉類劃分價錢。

借用形式

將「○○燒」語法結構借過來。再把「焼」轉寫成「燒」，刪除「き」。最後音譯「すき」(suki)成「壽喜」。

形 — 音 ◐ — 意 — 結構 ★

140

鯛 Diu1 魚 Jyu4 燒 Siu1

日本語 鯛焼き taiyaki

做「鯛魚燒」要先倒大半麵餬入鯛魚燒模具後，加紅豆餡，再倒入麵餬。等燒到麵糊變成金黃色固體。香港有些鯛魚燒是牛油酥皮。有炙燒奶黃、宇治抹茶紅豆、Tiramisu、榛果朱古力口味。

借用形式

將「○○燒」語法結構與組合漢字「鯛」一同借過來。再把「焼」轉寫成「燒」後，刪除「き」。最後加譯「魚」。

形◐ — 音 — 意✚ — 結構✱

141

照 Ziu3 燒 Siu1

日本語 照焼き teriyaki

照燒要一面燒烤，一面塗上甜的照燒汁，使食物表面發出光澤。香港製造本地的日式照燒汁、松露照燒鮑魚罐頭。薄餅店推出和風照燒醬手拉薄餅。

借用形式

將「○○燒」語法結構與組合漢字「照」一同借過來。再把「焼」轉寫成「燒」，最後刪除「き」。

形● — 音 — 意 — 結構✱

142

Zoeng1 Jyu4 Siu1
章魚燒

日本語 たこ焼き takoyaki

做「章魚燒」要先把粉漿倒入章魚燒機，加章魚及配料後再倒粉漿。最後加上醬汁、青紫菜粉及木魚片。香港有黑松露、大葱、飛魚子、明太子及 wasabi 口味。

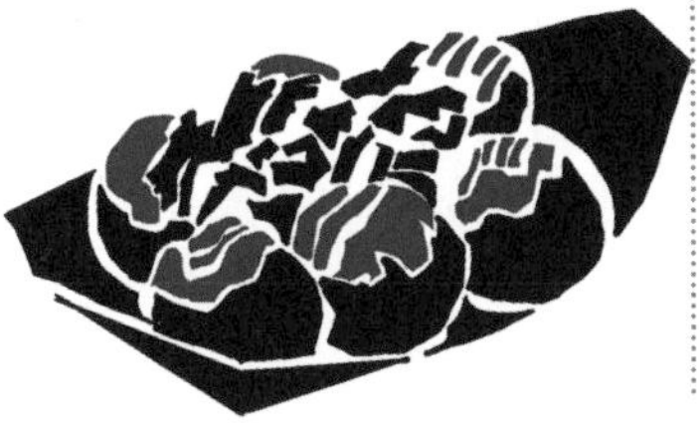

借用形式

將「〇〇焼」語法結構借過來。再把「焼」轉寫成「燒」，刪除「き」。最後意譯「たこ」成「章魚」。

形 — 音 — 意● — 結構★

143

Jyu6 Hou2 Siu1
御好燒

日本語 お好み焼き okonomiyaki

日文「お好み焼き」的意思是隨你喜歡，也稱「御好焼」。將切好的蔬菜、肉等的材料拌入粉漿，然後倒在鐵板上煎。推到圓型後不要壓扁，煎好後加上醬汁、青紫菜粉、沙律醬及木魚片。香港人喜歡約三五知己，一起煎御好燒。即使失敗味道也不會太差。御好燒有時也稱大阪燒。

借用形式

將「〇〇焼」語法結構與組合漢字「御好」一同借過來。再把「焼」轉寫成「燒」，最後刪除「き」。

形● — 音 — 意 — 結構★

〇〇族

Zuk[6]

中文和日文都可以「族」來指家族、民族、貴族等擁有共同屬性的群體。在一九七〇年代時，日本人開始用「暴走族」來稱飆車黨、用「竹子族」來稱在原宿街頭跳舞群體，用「窓（窗）際族」來稱在公司不受重視安排坐在窗口旁邊的人，「族」跟前面的詞組合併表示「某種族群」，屬於類後綴。

香港人借用日文「〇〇族」指「擁有共同屬性的某種群體」的語法結構後，有些是意譯詞，例如：上班族、銀髮族、御宅族、低頭族、月光族。

144

上班族

Soeng[5] Baan[1] Zuk[6]

日本語 通勤族 tsukin-zoku

明治時代日本人把受薪階層稱為「サラリーマン」（salary man）。後來「〇〇族」結構流行，出現了「通勤族」。香港人最初借用了「通勤族」這個詞，後來借用「〇〇族」的結構，意譯成「上班族」。再後來發展出本土化新詞「上班一族」、「打工一族」、「打工仔一族」（見新興語法結構「〇〇一族」）。

借用形式

借用「〇〇族」語法結構後，將「通勤」意譯成「上班」。

形 — 音 — 意 ◐ — 結構 ★

145

銀髮族

Ngan^4 Faat^3 Zuk^6

日本語 シルバー族 shirubā-zoku

一九八八年日本有書介紹「シルバー族」（**shirubā-zoku**），**shirubā** 指「銀色」，而 **zoku** 即「族」，整個意思是指老人家。傳到香港後，翻譯成「銀髮族」和「銀髮一族」。

借用形式

借用「〇〇族」語法結構後，將「シルバー」意譯成「銀髮」。

形 — 音 — 意 ◐ — 結構 ★

146

低頭族

Dai^1 Tau^4 Zuk^6

日本語 歩きスマホ族 aruki sumaho-zoku

日本人用「歩きスマホ族」來指拿著手機步行的人。在香港，低頭只顧看手機的人越來越多，所以翻譯為「低頭族」或「低頭一族」。

借用形式

借用「〇〇族」語法結構，將「歩きスマホ」意譯成「低頭」。

形 — 音 — 意 ◐ — 結構 ★

147

月光族
Jyut[6] Gwong[1] Zuk[6]

日本語
無貯金族
muchokin-zoku

到了月底，把每個月的收入都花光了的人叫做「月光族」或「月光一族」。日文也有一個類似的詞「無貯金族」，但用得不多。「月光族」和「月光一族」都是香港人借用日文構詞形式「〇〇族」新創的詞。

借用形式

借用「〇〇族」語法結構，將「無貯金」意譯成「月光」。

形 — 音 — 意 ◐ — 結構 ★

〇〇祭

Zai³

「〇〇祭」的語法結構是日本常用的，用來表示節日或活動。日文「祭」有時唸 sai 有時唸 matsuri。「祭」表示拜神或祭奠的儀式，例如：「天神祭」有陸上和海上的祭神儀式及放煙火、在神社、寺廟舉辦的拜神或拜祖先的活動。

日本的公眾假期叫「祭日」，是因為假期多半跟祭祀有關，例如春分也是祭日，很多人會掃墓。「夏祭」在神社、寺廟附近擺設廟會。大家看過小丸子和小玉穿著浴衣去廟會又吃又玩嗎？大學生舉辦的園遊會叫「学園祭」。

日本國駐香港總領事館多年舉行「日本秋祭 in 香港」，讓香港人多認識日本。香港人看見日本百貨公司出現「感謝祭」後，香港的商店也借用「感謝祭」來促銷了。後來香港人慢慢也借用了「〇〇祭」構詞法來創造本土化的詞，例如：夏日祭、聖誕祭、啤酒祭等。

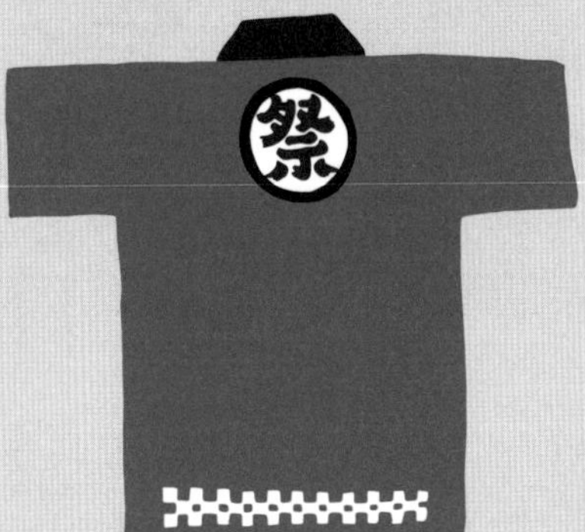

148

感謝祭

Gam^{2} Ze^{6} Zai^{3}

日本語 感謝祭 kanshasai

西方節日Thanksgiving，香港的翻譯是「感恩節」，日本人翻譯成「感謝祭」。商家用感謝祭來表示大減價。這個用法傳到香港後出現：網上感謝祭、會員感謝祭、旗艦感謝祭、年終感謝祭。

借用形式

將「○○祭」語法結構與組合漢字「感謝」一同借過來。

形 ● ｜音 ｜意 ｜結構 ✸

149

夏日祭

Haa^{6} Jat^{6} Zai^{3}

日本語 夏祭り natsumatsuri

日本只有「夏祭」，「夏日祭」是香港人創造的新詞。商店用來推銷，例如：消費激賞夏日祭、動漫夏日祭。機構用來做推廣活動，例如：賽艇夏日祭。有酒店舉行熊貓夏日祭，吸引顧客。甚至有數學夏日祭，吸引學生購買書籍。

借用形式

將「○○祭」語法結構一同與組合漢字「夏」借過來，刪除「り」後，加譯「日」。

形 ◐ ｜音 ｜意 ✚ ｜結構 ✸

150

音樂祭

Jam[1] Ngok[6] Zai[3]

日本語 音楽祭 ongakusai

「音楽祭」指音樂會。香港人喜歡借用，例如：香港音樂祭攻略、未來音樂祭、夏日音樂祭、亞洲音樂祭、青年音樂祭、香港國際海洋音樂祭，還有音樂祭 ALSO Festival、開花音樂祭，甚至天台音樂祭。

借用形式

將「○○祭」語法結構與組合漢字「音楽」一同借過來，將「楽」轉寫成「樂」。

形● — 音 — 意 — 結構★

第三章

新興

あたらしいことば

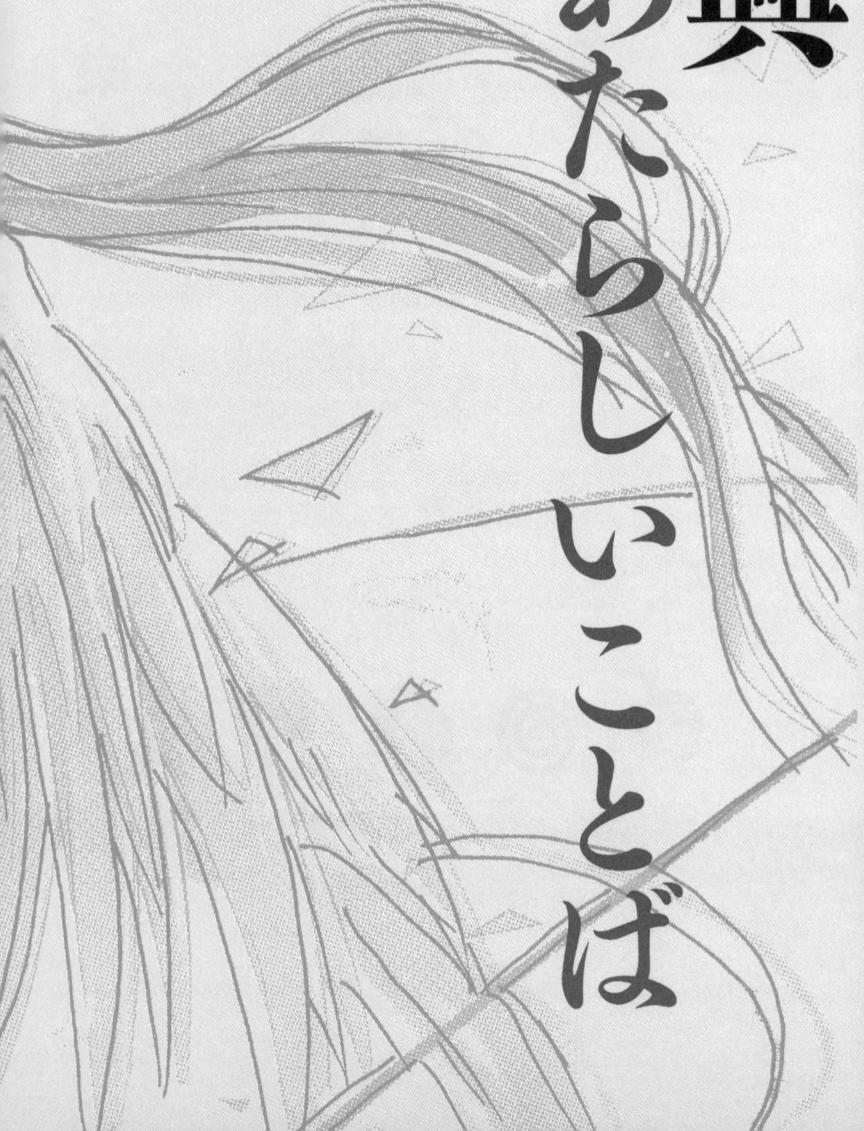

那些逐漸興起的港式日語

151

Ngou6 Giu1

傲嬌

日本語

ツンデレ

tsundere

「傲嬌」是日文「ツンデレ」的意譯詞。而「ツンデレ」是由「ツンツン」（冷漠的態度）和「デレデレ」（撒嬌的樣子）兩個詞組成的。這個詞用來形容平時裝酷，難以親近，但實際上卻很熱情或很嗲的人。在漫畫及動漫裡有不少「傲嬌」美少女。香港借用後，出現在：一、電影，例如：《傲嬌少女愛作戰》；二、漫畫，例如：《傲嬌魔法少女與鋼鐵魔法少年》；三、動漫，例如：動漫迷選出《名偵探柯南》的灰原哀是傲嬌天后；四、手機遊戲，例如：傲嬌美琴《科學超電磁炮通心物語》登場；五、小說，例如：《任性遇傲嬌》；六、貓，例如：我家的傲嬌貓既愛生氣又愛嗲。

借用形式

「傲嬌」是日文「ツンデレ」的意譯詞。

形 — 音 — 意 ● — 改

港式日語例句

很多動漫迷喜歡傲嬌美少女，但在現實生活中就討厭那些傲嬌女生。

日語例句

私の父はツンデレで、うれしい時もわざと無関心を装う。

爸爸平時裝冷漠，喜悅的時候卻裝作毫不關心的樣子。

152

Ok[3] 惡 Ceoi[3] 趣 Mei[6] 味

日本語 悪趣味 akushumi

形 ● 音 意 改

日文的「趣味」有三個意思：一、興趣；二、審美眼光；三、情趣。「悪趣味」屬於第二種，形容「審美眼光差」，例如：設計師或消費者的品味差。香港借用後，出現在：一、服飾，例如：愛玩「惡趣味」的設計品牌重新定義「美」的標準；二、遊戲，例如：那些惡趣味的設計是給玩家開的小玩笑；三、電影，例如：迪士尼電影裡也有些惡趣味的劇情；四、動漫，例如：動漫中的惡趣味字幕，令人懷疑字幕組是否惡搞；五、笑話，例如：他說的惡趣味笑話令人聽了不快。

借用形式

「惡趣味」借用日文全部漢字。

港式日語例句

有新聞報導：一個媽媽本來答應了送一個「卡通」生日蛋糕給兒子。為了提高兒子的學習興趣，她改變心意，特別訂購了一個插滿課本的生日蛋糕送給他，結果兒子嚎啕大哭。新聞曝光後，很多人都批評她的「惡趣味」傷害了兒子。

日語例句

私の義母はいつも悪趣味な服を孫に買うので困る。

外婆經常給外孫買品味很差的衣服，令人不知如何才好。

153

毒舌

Duk6 毒 Sit3 舌

日本語 毒舌 dokuzetsu

日文「毒舌」的意思是用尖酸刻薄的話罵人、鬥嘴、評論。香港借入後作為形容詞，修飾後面的名詞，例如：「毒舌女」，形容潑婦；前面又可以加程度副詞，例如：「超毒舌」、「好毒舌」、「最毒舌」。「毒舌」還可以用來修飾後面的動詞，例如：小廚神毒舌點評。在香港「毒舌」出現在：一、書名，例如：《毒舌的藝術》；二、報章標題，例如：電視台封殺「毒舌」藝人；三、罵人的話，例如：出名毒舌的他，經常爆出罵人金句；四、動漫，例如：動漫中一個很受歡迎的毒舌角色是《銀魂》的神威；五、傳媒，例如：香港娛樂記者港是新聞界的毒舌。

借用形式

「毒舌」借用日文全部漢字。

形● 音— 意— 改—

港式日語例句

在香港罵人最毒舌的話不一定是髒話。

日語例句

この評論家は毒舌でいつも人を攻撃する。

這位評論家經常用尖酸刻薄的話攻擊別人。

154

Fuk[1]
腹
Hak[1]
黑

日本語

腹黒い

haraguroi

借用形式

「腹黑」借用日文全部漢字，刪除「い」。

形●—音 —意 —改

日文「腹黑」是形容詞，用來描寫表裡不一，看起來是好人，其實心地很壞的人。「腹黑」類似廣東話的「黑心」，「黑心」可以形容人，也可以形容商品，例如「黑心奶粉」，而「腹黑」只能形容人。香港借用後，「腹黑」應用的範圍擴大了，出現在：一、電視劇，例如：腹黑女王電視劇已經是主流了；二、電影，例如：《綁架腹黑少女》；三、漫畫，例如：腹黑棒棒糖；四、小說，例如：《我的腹黑狼友》；五、電子書，例如：《腹黑未婚夫》。

港式日語例句

有心理測驗可以測知一個人的腹黑程度，你相信嗎？

日語例句

あの人は腹黒いから、気を付けた方がいい。

那個人壞心眼，要小心。

155

天 然 呆

Tin1 Jin4 Ngoi4

日本語

天然ボケ

tennenboke

日文「天然呆」本來是漫畫、動畫及電子遊戲的流行用語，用來形容一個好像長不大的成年人，很自然地流露出可愛的表情，又出現幼稚的行為，令身邊的人發笑。香港借用這個詞來形容一個傻得令人既愛又恨的成年人，因為這類人常常「發呆」，個性樂觀但是行為幼稚。香港借用後，出現在：一、網上討論區，例如：天然呆的特質；二、歌曲專輯，例如：《天然呆》；三、動漫，例如：不少動漫迷喜歡《水果籃子》中天然呆萌妹子本田透；四、漫畫，例如：《我的新上司是天然呆》；五、電視，例如：天然呆的電視藝員是怎樣鍊成的；六、報章標題，例如：天然呆小姐被封為最美港姐；七、自白，例如：我不喜歡天然呆的男生。

借用形式

日文「天然ボケ」又可以寫成「天然呆け」。「天然呆」借用日文全部漢字，刪除「け」。

港式日語例句

我喜歡天然呆的女生，因為她們說的都是真心話。

日語例句

私の友達は天然ボケだが、本人に自覚がない。

我朋友說話和做事都有點傻乎乎的，但是他自己不自覺。

形●音 意 改

156

Jam[1] 音 Ci[1] 癡（音痴）

中文「癡／痴」的意思是迷戀某種事物的人，例如：「書痴」、「酒痴」。日文「痴」多用於形容某方面能力比較差的人，例如：五音不全的人叫「音痴」。香港借用後，出現在：一、新發現，例如：這個女神竟然音癡變天籟；二、批評，例如：這個歌星出道多年，唱功全無進步，簡直是個音癡；三、討論，例如：音癡有得救嗎；四、訓練，例如：音癡學會唱歌技巧便可以做歌星；五、學日文，例如：他初學日文時是個五十音癡，後來可以說得很流利了。日文「音痴」更衍生出「方向音痴」，指那些沒有方向感、容易迷路的人。香港翻譯成「路癡（痴）」，借用後，出現的例子有：我是個看地圖都不會分前後左右的路癡。

日本語

音痴

onchi

借用形式

「音癡」借用全部日文漢字。

形	●
音	—
意	—
改	—

港式日語例句

這首歌沒有高低起伏，音域較窄，連音癡唱起來也不會難聽。

日語例句

私の夫は音痴なので、カラオケに一緒に行きたくない。

我老公五音不全，所以我不想跟他一起去唱卡拉 OK。

157

Zik[1]
職
Jan[4]
人

日本語

職人

shokunin

日文「職人」的意思是用雙手做出令自己感到自豪的產品，例如：日本傳統「陶芸」已經昇華到藝術的境界。香港已經有「手作仔」這個詞，借用「職人」後亦提高了對這種專業人士的尊重。在香港看到「職人」是有關：一、和紙，例如：香港一個造紙職人，到日本造紙博物館參觀，順道偷師；二、眼鏡，例如：記者訪問日本手工眼鏡職人後，發現他力求完美，具有日本「職人精神」。另外，「職人」代表頂級，例如：職人咖啡、職人牛仔褲、職人的頂級手作皮革品牌、職人手作家具。有關飲食的有：日本職人秘技分享短片、餐廳取名職人食事、Omakase介紹變化多端料理職人手藝。

借用形式

「職人」借用日文全部漢字。

形	音	意	改
●			

港式日語例句

有文章介紹香港有很多本土職人，例如：皮革創作產品職人。

日語例句

彼は職人気質で、責任感が強く、いつも完璧を目指している。

他具有匠人般的特質，責任感很強，總是追求完美。

158

Neoi[5] Zi[2] Lik[6]

女子力

日本語

女子力

joshiryoku

日文「女子力」曾經是日本流行語，根據日本朝日新聞資料，這個詞是二〇〇〇年由漫畫家創造的。「女子力」的意思是魅力：會做家務、會打扮、溫柔體貼、獨立自主。借用後，「女子力」是關於：一、能力，例如：女子力抬頭！不少女性先鋒已經改變世界；二、魅力，例如：我沒有美貌和身材，是個「女子力」不足的女人；三、健康，例如：做運動既健身又健心，可以提高你的女子力。香港也借用日文「男子力」指男性魅力。香港更創作兩個新詞「女友力」和「男友力」來表示能否成為女／男朋友的指標。

借用形式

「女子力」借用日文全部漢字。

形● 音 意 改

港式日語例句

女子力抬頭！香港女性已經不受性別歧視，可以發揮所長。

日語例句

私の友達の中で女子力が一番高いのは美由紀ちゃんだ。

在我的朋友當中最具女子力的是美由紀。

159

初（Co1）心（Sam1）者（Ze2）

日本語

初心者

shoshinsha

日文「初心者」指：初學者／新手，例如：學神、初學鋼琴的人、新手媽媽、第一次到國外旅遊的人、初次談戀愛的人。很多有關初學者的資料應運而生，例如：初學者樂譜、旅行指南、投資指南、簡單食譜。香港借用後，出現在：一、廣告，例如：日本酒初心者推介、神奇電路筆初心者系列、超級初心者對決！用於低級怪獸戰鬥影音圖像類軟件；二、文章，例如：日文初心者學習障礙、九州旅行初心者散步路線、化妝初心者上路：由零開始的化妝完全指南；三、書籍，例如：《初心者的獨奏吉他入門全知識》、《初心者日本語》、《一學就會 —— 初心者必備手縫紉機寶典》；四、短片，例如：最新高達 Gundam extreme vs maxi boost on 初心者篇遊戲系統講解；五、大人玩意，例如：自釀啤酒初心者：在家釀造自己的啤酒；六、招生，例如：空手道初心者招募、初心者遊戲設計招募隊員。

借用形式

「初心者」借用日文全部漢字。

形●—音—意—改

港式日語例句

有琴行建議初心者買小提琴要注意尺寸和材料。

日語例句

父はハイテク音痴だが、初心者向けパソコン講座で勉強した。

雖然我老爸對高科技一竅不通，但也去上了個人電腦入門班來學習。

160

神隱

San[4] Jan[2]

日本語

神隠し

kamikakushi

日文「神隠し」有兩個民間故事：一、傳說很久以前住在鄉下的小孩失蹤是因為被山神帶走，大家雖然無奈但是比較容易接受。近來香港借了「神隱」來形容某人不露面或失蹤。二、年輕的浦島太郎在海邊救了海龜，海龜報恩帶他去龍宮玩，玩完回家已經變成老人家。《千與千尋》的日文是「千と千尋の神隠し」。香港把「神隠し」翻譯成「神隱」，用來表示「失蹤」。其實現代日本已經用「音信不通」代替「神隠し」，例如：「竹野内豊の音信不通に懸賞金一百万円！」而香港報章報導同一新聞卻用了「神隱」，「電視台出錢尋人：竹野內豐神隱累新片開拍無期」。香港報章用「神隱」形容某名人不露面，例如：前港姐冠軍神隱多年，突然出席音樂會。

借用形式

「神隱」借用日文全部漢字，刪掉「し」。

形●—音—意—改

港式日語例句

她神隱多月後，在微博承認自己有錯，請大家原諒。

日語例句

昔は子供がいなくなると、神隠しに遭ったと言われた。

過去如果有小孩失蹤，我們都說他被神藏起來了。

161

殘 Caan[4] 念 Nim[6]

日本語

残念

zannen

日文「残念」本來指「遺憾」，例如：家庭の関係で留学できず残念だった（因為家庭關係不能留學，覺得很遺憾）。香港借用後出現：殘念！資格考榜單未見他的名字。日文「残念」後來用來形容不符合期望的人和事物。雖然有小缺點，都算合符理想的時候可稱為「殘念的〇〇」，例如：日劇《残念な夫》（殘念的丈夫）。香港人翻譯日本產品涉及到「不完美」的人和事物時，便直接借用「殘念」，例如：《殘念刑警》（原名：おしい刑事，直譯：不完美的刑警）、日本漫畫《殘念貓的日常》（原名：ネコノヒー，直譯：不完美貓的生活）。另外，「殘念」在香港也衍生出新的屬性名稱「殘念系」，例如：殘念系美少女。

借用形式

「殘念」借用日文全部漢字，把「残」改成「殘」。

形● 音 意 改

港式日語例句

因為疫情不能去日本掃貨，好殘念哦！

日語例句

買った宝くじは残念ながら全部外れた。

很遺憾我買的彩票全都沒中。

162

Waang4 橫 Ding1 丁／Waang4 橫 Ding1 町

日本語 橫丁 yokochō

日文「橫丁／橫町」指小街道，街道兩旁都是賣日本傳統東西的小店，東西又便宜又齊全，例如：上野的「阿美橫丁」不管是吃的、穿的、用的都可以找到。新宿的「回憶橫町」賣的食物不但非常美味，價錢也十分公道。香港有餐廳、雜貨店、零食店、寵物店叫「〇〇橫町」。日本動畫《動物橫町》有廣東話配音及香港粵語版片頭曲。香港愛寵物人士舉行新春市集及夏日盛會叫「寵物橫町」。

借用形式 「橫丁／橫町」借用日文全部漢字。

形● 音 意 改

163

民宿

Man[4] Suk[1]

日本語 民宿 minshuku

日文「民宿」指持有營業執照的業主經營家庭旅館。旅客選擇入住「民宿」除了價錢便宜，還可以體驗到當地的風土人情。香港借用後，在網絡上搜尋，可以看見各式各樣的「民宿」，價錢每日$70到$1400不等。由於香港出現很多業主無經營牌民宿，有議員在立法會提問政府如何處理。政府發言人聲明任何處所提供出租期少於連續二十八天的收費住宿，必須領有牌照。牌照處會積極執行巡查、網上瀏覽及檢控的工作。

借用形式

「民宿」借用日文全部漢字。

形● 音 意 改

164

Jik^{6}
駅

日本語

駅

eki

「駅」是日本常用漢字，以前寫作「驛」，意思是「站」。中文讀音是「亦」，但有香港人讀「尺」或「站」。讀「站」zaam^{6} 的話，意思與「駅」相同，但 jik^{6} 才是正音。香港的車站沒有借用「駅」字，但是有屋苑叫「○○駅」，有餃子店叫「○○駅」，有飯糰便當專門店叫「○○駅」，有拉麵店叫「○○駅前料理」，有網店叫「○○駅」，有一間在香港機場裡面的零食店叫「零食○○香港駅」。

借用形式

「駅」借用日文全部漢字。

形 ● — 音 — 意 — 改

165

Fung^{1} Leoi^{5}
風呂

日本語

風呂

furo

日本「風呂」以前指澡盆，但是現今除了是名詞指浴缸、浴室、浴池之外，還可以用作動詞指洗澡。日本人喜歡回家後泡澡，可以消除工作疲勞。溫泉酒店有分「露天風呂」、「室內風呂」、「私人風呂」幾種。疫情期間香港有幾間大酒店吸引消費者的賣點是：浴室有落地玻璃窗，一面浸浴一面欣賞海景，可以享受到露天風呂的樂趣。近年有些香港人喜歡全屋日式設計，連浴室也有風呂浴缸。

借用形式

「風呂」借用日文全部漢字。

形 ● — 音 — 意 — 改

166

日本語

小物

Siu[2] Mat[6]

小物 komono

「小物」是細小物品的總稱，像化妝品、首飾、鑰匙扣等等。香港借用後，可以看到有關「小物」的詞有：辦公室小物、化妝小物、旅行小物、家居小物、小物盒、小物索袋。此外，又有：聖誕小物、情人節奢華小物、小物工作坊、創意小物等。有商店叫：「小物館」、「〇〇小物店」。

借用形式

「小物」借用日文全部漢字。

形● — 音 — 意 — 改

167

日本語

浴衣

Juk[6] Ji[1]

浴衣 yukata

「浴衣」可以說是一種休閒和服。日本有兩種浴衣：一、夏季煙火大會時穿的，顏色和圖案都比較漂亮；二、日本酒店給客人提供在酒店裡面（例如：去浴場）穿的，也可以當睡衣穿。香港有一間咖啡店提供租場拍攝，顧客可以帶孩子及寵物租借浴衣，然後在日式設計的場地影相留念。

借用形式

「浴衣」借用日文全部漢字。

形● — 音 — 意 — 改

168

Din^{6} Zi^{2} Ci^{3} Baan^{2}

電子廁板

日本語

ウォッシュレット

washuretto

日本的「電子廁板」（又稱：免治馬桶、溫水洗淨便座、智能坐便器）是一種令遊客讚不絕口的便座。遊客一到日本機場便可以享受到這種具有噴咀自動清洗、暖板、吹乾、除臭等功能的高科技廁板。除了公共場所，很多日本人家裡都安裝這種廁板。香港的衛浴產品店及專門店亦出售「電子廁板」，價錢大概由 $1000 到 $10000 不等，有不同尺寸及款式可供選擇。不少香港人用過之後都十分滿意。

借用形式

日文「ウォッシュレット」是商品名稱，來自英文 wash ＋ toilet 的合稱。「電子廁板」是日文「ウォッシュレット」的改寫。

形 — 音 — 意 — 改▲

169

足袋

Zuk[1] Doi[2]

日本語 足袋 tabi

日本「足袋」指分趾襪，香港叫「足袋襪」。「地下足袋」指分趾襪，香港叫「足袋鞋」或「忍者鞋／靴」。日劇《陸王》研發「足袋跑鞋」的故事，引發不少廠商製造新式「足袋跑襪」和「足袋跑鞋」。香港可以買到各式新款足袋襪、足袋鞋、足袋跑襪、足袋跑鞋、時尚忍者靴，甚至足袋嬰兒襪。

借用形式

「足袋」借用日文全部漢字。

形● 音 意 改

170

暖包

Nyun[5] Baau[1]

日本語 ホッカイロ hokkairo

日本生產的發熱暖包、迷你暖手包、暖貼、暖身貼都能夠禦寒保暖。在寒冷的日子，香港人都喜愛使用。香港有文章比較這些產品的價錢、尺寸、溫度、維持熱力時間、黏著度等。香港消費者委員會提醒市民使用時要注意即棄暖包：一、不能當作「暖腳包」；二、不能長時間（八小時以上）緊貼皮膚的同一位置。

借用形式

日文「ホッカイロ」是商品名稱，來自英文 hot＋日文「カイロ」（懷炉）的合稱。「暖包」是日文「ホッカイロ」的改寫。

形 音 意 改▲

171

Seoi^{2} 水 Zoek^{3} 着

日本語

水着

mizugi

日文「水着」指泳衣。香港夏天的時候，有些日本商店會舉行「水着祭」齊集多個泳衣品牌，人們可以買到款式新穎、價格便宜的男女水著。網上也可以買到嬰兒幼童水着。傳媒用「水着」來做標題，例如：香港小姐首次水着示人。有女藝人為了找工作上載泳裝照，結果得到很多份水着工作。有男藝人水着曬身材，成為傳媒焦點。

借用形式

「水着（著）」借用日文全部漢字。

形●—音—意—改

172

Gu^{2} 古 Zoek^{3} 着

日本語

古着

furugi

日文「古着」指舊衣服。日本有不少人去「古着店」尋寶，打造個人時尚風格。香港借用後，復古時裝店慢慢改稱為「古着時裝店」。有些店收藏六十至八十年代特色的名牌典雅古着。也有旅遊資訊介紹香港高質素古着時裝店給遊客尋寶。

借用形式

「古着（著）」借用日文全部漢字。

形●—音—意—改

173

Kui² 繪 Man⁴ 文 Zi⁶ 字

日本語 絵文字 emoji

日本的「繪文字」是由日本人栗田穰崇在一九九八年發明的表情符號。最初只可以在日本使用，後來全世界的個人電腦、平板電腦和智能手機都可以使用。因為「繪文字」能夠傳情達意，現在已經成為網絡世界流行的象形文字。香港同時借用「繪文字」及「emoji」。這兩個詞出現在：一、報章，例如：二〇二一年最受歡迎的「繪文字」是「笑到喊」（Tears of Joy）；二、資訊，例如：Win 10 快速打 emoji 小竅門；三、猜謎，例如：【立法會選舉小測驗】一二三猜猜猜 emoji 估議員；四、比賽，例如：小學聯校親子繪文字設計比賽；五、商品，例如：繪文字喜帖、繪文字貼紙、繪文字杯蛋糕。

借用形式

「繪文字」借用日文漢字「文字」，將「絵」改成「繪」。

形 ● — 音 — 意 — 改

港式日語例句

當代視覺文化博物館「M+」二〇二一年十一月啟用，裡面的展品《Docomo 繪文字藏品》不容錯過。

日語例句

絵文字に慣れるとまともな文を書くのが面倒くさい。

習慣用繪文字之後覺得寫完整的句子有點麻煩。

174

Sau^{2} 手 Zoeng^{3} 帳

日本語

手帳

techō

「手帳」是隨身攜帶的筆記本。廣東話稱為「記事簿」。一般可以去文具店或書店購買，也可以網購。香港有些銀行、保險公司印製新一年的記事簿，在年底會先送給客戶。有實體書店舉行「手帳日誌優惠」，也有購物網站舉辦「手帳文具祭」。有些香港人在手帳寫上文字之餘，還會畫畫，貼貼紙、剪報、照片。因為有人喜歡製作手帳，所以書店出現了相關的書，例如：《原來手帳這樣玩》、《人氣手帳版式設計指南》。

借用形式

「手帳」借用日文全部漢字。

形● 音 意 改

港式日語例句

市面上可以買到具香港特色的手帳貼紙，例如：廣東話揮春、新年手帳貼紙、香港節日手帳貼紙、香港回憶錄手帳貼紙。

日語例句

私の趣味は毎年文房具屋さんで新しい手帳を買うことだ。

我的嗜好是每年在文具店買新的手帳。

175

事件簿

Si[6] Gin[2] Bou[2]

日本語 事件簿 jikenbo

《金田一少年の事件簿》是日本推理漫畫，一九九二年至二〇二二年連載長達三十年之久。除了漫畫，還有小說、電視動畫、電視劇等。「事件簿」的意思是「檔案」。香港借用後，ViuTV製作了一檔查案綜藝節目叫《嫌疑事件簿》。女青年會製作了青春校園偵探劇場叫「校園毒品事件簿」，提高青少年的禁毒意識。有登山社團建立「歷年山難意外事件簿」，叫登山者提高警惕。甚至有教會的網站設有「擴堂事件簿」，讓教友瞭解教會發展的情況。

借用形式

「事件簿」借用日文全部漢字。

形● 音 意 改

港式日語例句

以前看推理小說都看得很興奮，現在玩推理事件簿更加叫人玩得著迷。

日語例句

子供の時アメリカのドラマ『ジェシカおばさんの事件簿』が好きだった。

小時候我喜歡看美國電視劇《女作家與謀殺案》。

176

同人誌

Tung⁴ Jan⁴ Zi³

日本語

同人誌

dōjinshi

借用形式

「同人誌」借用日文全部漢字。

形●—音—意—改

港式日語例句

香港政府知識產權處說明：在現行版權制度下，同人可以分享、推廣，甚至小規模地售賣自己的同人誌。

日語例句

私の一番の楽しみはコミケで同人誌を買うことです。

我最大的樂趣是在 Comic Market 買同人誌。

日文「同人誌」指一群志同道合的人將發表的作品集結成書。日本的 Comic Market 由一九七五年開始到今天，一年舉辦兩次大型的「同人誌即賣會」。會場展出的多數是業餘漫畫及動畫作品，又有 Cosplayer 專用區，供粉絲拍照。香港首個「同人誌即賣會」是一九九五年舉行的。香港近年最大型的同類活動有兩個：一、「Comic World 香港」由一九九八年到現在每年都舉辦，目的是讓漫畫及動漫創作者售賣他們的同人誌及精品。二、「Rainbow Gala 同人誌即賣會」從二〇〇七年到現在每年都舉辦，即賣會上可以銷售動漫商品、進行團體歌舞音樂表演和 Cosplayer 表演。另外，香港城市大學、香港理工大學、香港中文大學都先後舉辦過「同人誌即賣會」，售賣漫畫及動漫作品。

177

Saang^4

San

日本語 さん san

日文「san」尊稱男士及女士時放在姓後面，不能自稱「○○ san」。香港人把「san」音譯成「saang^4」。香港人把在香港工作的日本人或朋友叫「○○ san」，例如：廚師 Chiba San、日本朋友 Mai-San。有時稱呼與日本有關的人也會用「san」或近似發音的「潺」（saan^4），例如：日本料理達人 Mok San、去日本發展的藝人○○○潺。

借用形式

音譯日文「さん」及借用日文羅馬字「san」拼寫。

形	音 ●	意	改

178

Ji^3 Lat^1 Sai^1 Maa^1 Se^4

Irasshaimase

日本語 いらっしゃいませ irasshaimase

在日本的商店，客人一進門，店員就說 irasshaimase 來表示「歡迎光臨」。香港越來越多日本餐廳、日式理髮店、日式麵包店的店員都會說 irasshaimase。很多香港人開始時聽不懂，以為是店員的暗號。由於 irasshaimase 很難唸，有些網民在網上寫出他們聽到的音來討論，例如：二一三一四、二奶生孖蛇、意啦沙衣乜些等。實際上日文「r」類似「l」，irasshaimase 用廣東話唸成「意甩西孖蛇」比較接近。

借用形式

音譯日文「いらっしゃいませ」及借用日文羅馬字「irasshaimase」拼寫。

形	音 ●	意	改

179

既(Gei6)視(Si6)感(Gam2)

日本語 既視感 kishikan

法文「déjà vu」指「似曾相識」的感覺，日文翻譯成「既視感」。香港借用「既視感」後，出現在：一、電影，例如：這部電影的劇情跟以前某部電影相似，難怪有既視感；二、建築物，例如：在歷史建築物前面拍照可以營造既視感；三、事件，例如：這個既視感疫情希望不會繼續下去；四、命名，例如：這個舞蹈作品以「既視感」命名，是為了表達生命如真似幻的感覺。

借用形式

「既視感」借用日文全部漢字。

形 ● 音 意 改

180

使(Si2)用(Jung6)感(Gam2)

日本語 使用感 shiyōkan

日文「使用感」有兩個意思：一、使用新買的二手貨時，感覺到已經被使用過；二、使用時的感受。香港將以上兩個意思都借用了，例如：一、這個二手名牌手袋只有輕微使用感，價錢是原價七折。二、這種新款的智能書寫筆具有真實筆觸的使用感。

借用形式

「使用感」借用日文全部漢字。

形 ● 音 意 改

181

Gou1 **高** Kap1 **級** Gam2 **感**

日本語 高級感 kōkyūkan

中文和日文「高級」都指高水準的品質。香港借用「高級感」後，出現在：一、服裝，例如：買名牌保證會帶來高級感；二、設計，例如：這間餐廳的設計極有高級感；三、食物，例如：吃高級和牛，一入口就能享受到那種高級感；四、用品，例如：這款鑽石手錶能塑造高級感；五、生活，例如：有一本書叫《生活需要高級感》。

借用形式

「高級感」借用日文全部漢字。

形● 音 意 改

182

Wai4 **違** Wo4 **和** Gam2 **感**

日本語 違和感 iwakan

中文「違和」本來是表示「身體不適」。日文「違和感」表示有些人、事物在某些場合出現令人覺得格格不入。香港借用後，出現：男演員塗口紅會有違和感；港姐穿校服扮學生獲網友大讚，完全無違和感。還有人把「違和」用作形容詞來說，例如：這位女明星穿古裝很違和。

借用形式

「違和感」借用日文全部漢字。

形● 音 意 改

183

Zaak6 **宅**
Pui3 **配**

日本語
宅配
takuhai

日文「宅配」的意思是「速遞公司把受委託的貨品速遞到目的地」。在香港出現的「宅配」與日本不同，香港的速遞公司沒有借用這個詞。香港最常看到的「宅配」出現在網購商店（例如：宅配超市）提供宅配服務。香港造了一些有關「宅配」的新詞，例如：宅配送貨、宅配優惠、宅配上門、香港宅配附加費、宅配免費等。香港有些商店以「宅配」命名，例如：香港宅配家居有限公司、香港食品宅配公司。

借用形式

「宅配」借用日文全部漢字。

形● 音 意 改

港式日語例句

香港網上討論區有人分享：第一次用宅配買書，十分方便。

日語例句

なかなか会えない親に新鮮な食材を宅配で送った。

我用速遞把新鮮食物送給很少見面的父母。

184

Bun[2] Gaak[3]

本格

日本語 本格 honkaku

日文「本格」的意思是「正宗」。香港借用後，出現與日本「本格」有關的有：一、日本酒，例如：本格梅酒；二、日本餐廳小食，例如：本格串燒；三、日本餐廳名稱，例如：本格日本料理；四、日本零食，例如：本格芒果果肉果凍；五、日本洗衣香珠，例如：本格消臭洗衣芳香珠。香港人新創的詞有：一、本格香滑奶茶；二、本格派英倫燈飾；三、本格生麵；四、超本格手機遊戲。

借用形式

「本格」借用日文全部漢字。

形● 音 意 改

港式日語例句

媽咪：今日 lunch 想食咩呀？

今天午餐想吃甚麼？

阿仔：本格和風燒牛肉御結同煙三文魚沙律。

正宗和風燒牛肉御結和煙三文魚沙拉。

日語例句

この店では本格タイ料理が楽しめます。

在這家餐廳可以享受正宗的泰國菜。

185

白色情人節

Baak6 Sik1 Cing4 Jan4 Zit3

二月十四號「情人節」日本的女生會送朱古力給心儀的男生／男朋友／丈夫。由於有些男生收不到朱古力，所以有些女生會送「義理朱古力」。一九九七年有糖果店老闆把三月十四號定為「白色情人節」，叫情人節收到朱古力的男生回禮（送該店製造的白色糖果）。後來其他商家也借機促銷，所以回禮的物品變得應有盡有。香港有商場在「白色情人節」用白玫瑰佈置，推出一些活動及商品優惠，也有酒店食肆紛紛打折，還有組織舉辦白色情人節市集。不同商店推出「白色情人節」花束、朱古力、蛋糕、曲奇等。

借用形式

日文「ホワイトデー」來自

日本語

ホワイトデー

howaitodē

white+day。意譯「白色節」後，增加漢字「情人」。

形—音—意✚改

港式日語例句

老婆：今日係白色情人節，點慶祝呀？

今天是白色情人節，怎樣慶祝呢？

老公：去食麵線吖，今日有花椒味脆粒嘅朱古力送喎。

去吃麵線吧，今天有花椒味脆粒的巧克力送啊。

日語例句

バレンタインデーにチョコをもらったのでホワイトデーのお返しを考えなければならない。

情人節收到巧克力，所以我得在白色情人節回禮。

186

Gau[3] Gik[6]

究極

日本語

究極

kyūkyoku

日文「究極」的意思是：終極、最頂尖、最卓越、最強、最高境界、極致、巔峰、最後。出現的地方是關於：一、酒，例如：究極の純米大吟釀；二、料理，例如：究極の日式料理專門店；三、學習，例如：究極の英会話（終極英語會話）；四、手機遊戲，例如：《賢者之孫究極魔法傳說》；五、扭蛋，如：究極円谷怪獸。香港借用後出現在：一、食物，例如：究極海老味噌拉麵；二、服飾，例如：究極蜘蛛俠Cosplay服裝；三、電玩，例如：《精靈寶可夢究極之日》；四、日用品，例如：究極消臭清新噴霧；五、書籍，例如：網路行銷究極攻略；六、汽車，例如：法拉利究極開篷跑車；七、音樂，例如：音樂名曲究極一百首。

借用形式

「究極」借用日文全部漢字。

形● 音 意 改

港式日語例句

電視節目《東張西望》其中一集的主題是《香港獨有究極美味鐵板扒餐》，介紹五十年代的平價牛扒餐是用醬油調味的。

日語例句

究極の簡単パスタレシピを紹介しましょう。

讓我來介紹一下意大利麵最簡單的食譜。

187

Jap[6] 入 Sau[2] 手

日本語

入手

nyūshu

日文「入手」的意思是「拿得到手」，這是日文保留古漢語用法的結果。以現在的中文看，「入手」的意思是「著手」、「開始做」，但最近在香港「拿得到手」的用法越來越多，使中文「入手」多了一個意思。這不是借用日文書寫形式，而是借用日文詞的意思。「入手」的使用情況可以分為三種：一、消費者心聲，例如：貴得難以入手、今日終於成功入手、邊啲外幣值得入手；二、商品廣告，例如：只需 HK$100 即可入手、入手送耳機、電子遊戲免費入手；三、傳媒文章標題，例如：最值得入手的人氣精品、$10 零食入手大攻略、心頭好入手指南。

借用形式

「入手」是中日同形異義詞，借用日文指「拿得到手」的意思。

形—音—意—改

港式日語例句

香港女士多數買外國美容用品，但其實香港也有不少原創的美容品牌值得入手。

日語例句

友達に頼んで作者の直筆サイン入りの著書を入手した。

我託朋友拿到了作者親筆簽名的書。

188

Fo3
課
Gam1
金

日本語
課金
kakin

日文「課」保留古漢語動詞「徵收」的意思，如「課稅」。近年電子遊戲很流行，雖然有很多遊戲有優惠，甚至是免費的，但是追加資源、在遊戲內參加抽獎、購買商品都要收費。日文把這些收費叫做「課金」。香港的電子遊戲商借用「課金」一詞來推銷產品。北區青年商會等組織調查結果顯示：疫情期間「課金控」顯著上升，受訪者平均每日沉淪「課金」遊戲超過三小時。有受訪者在一個月內花費超過港幣十萬元「課金」。因為「課金」成癮問題嚴重，路德會青亮中心設立「課金控」熱線，推廣「課金有節制、玩家冇閉翳」理念，建議「課金控」要接受心理輔導。

借用形式

「課金」借用日文全部漢字。

形● | 音 | 意 | 改

港式日語例句

消費者委會調查指出手機遊戲開發商以各種手法引誘玩家不斷「課金」，讓不少青少年「課金」成癮。就這問題，政府部門、學校及輔導機構，已經展開不同類型的服務。

日語例句

無料と書いてあっても課金をしないと遊べないゲームが多い。

雖然有很多遊戲都說是免費的，其實要付費才能玩下去。

189

新人類

Sin[1] Jan[4] Leoi[6]

日本語

新人類

shinjinrui

日文「新人類」指新一代的年輕人，「舊人類」指上一代的老人家。一九八六年「新人類」在「新語流行大賞」被選為流行用語。有日本人在網上留言：「私は旧人類（昔は新人類と呼ばれた）なのでスマホやPCの使い方はよくわかりません。」（雖然我曾經被稱為新人類，但是現在的我是舊人類，所以不太會用智能手機和電腦。）香港人借用後，出現：電子新人類、進化新人類、電影新人類、港產片叫《特警新人類》、藝術展覽叫「二〇二〇新人類紀錄」、基督教書籍叫「基督新人類」、中大校友事務處的季刊叫《中大校友新人類》、有書籍叫《健康新人類》。

借用形式

「新人類」借用日文全部漢字。

形●—音—意—改

港式日語例句

香港文化博物館舉辦的「文化新人類——青年領袖獎勵計劃」是以博物館作為中學生互動學習的平台，提高年輕人對本土文化的興趣。

日語例句

スタイルの良い若者を見ると彼らは新人類だなと思う。

看到身材很好的年輕人，我覺得他們真的是新人類。

190

Mang4

萌

日本語

萌え

moe

借用形式

借用日文漢字「萌」，刪除「え」。

形	音	意	改
●			

港式日語例句

她在社交平台分享與小女兒的照片，一起賣萌合照。

日語例句

私の友達は可愛い女の子のポニーテールを見ると萌えとなる。

我朋友看到可愛女生的馬尾辮馬上就被迷住。

日文「萌え」本來指看到一見鍾情的異性，就跌入無法自拔的迷戀狀態。後來這個詞的來源聽說與日本動漫《美少女戰士》的主角「土萌螢」相關。「萌」成為那些漫畫、動漫、電子遊戲愛好者之間流行的用語，意思是：覺得某人極之可愛。日本電影《電車男》上映之後，「萌」這個詞成為日本流行語，又發展出新的意思：對某種物件狂熱（例如：眼鏡萌）。中文「萌」指植物發芽，亦指萌生的念頭。香港借用日文「萌」表示「極之可愛」之後，出現以下三種形式：一、程度副詞＋萌：激萌打卡位、超萌水獺、最萌寶寶、爆萌公仔；二、萌＋名詞：萌兔、萌鹿、萌少女、萌妹；三、萌作賓語：賣萌（刻意做出可愛的樣子）；四、萌修飾動詞：萌遊昂坪 360。

191

效 Haau6 果 Gwo2 拔 Bat6 群 Kwan4

日文「効果抜群」本來是《寶可夢》系列的遊戲用語，指「極佳效果」，後來被廣泛使用，例如：「保冷効果抜群」（具有極佳的保冷效果）、「スタイルアップ効果抜群」（出眾的造型效果）。香港借用後，出現在：一、漫畫，例如：效果拔群漫畫線上免費看；二、動畫，例如：動畫主題曲特殊演出效果拔群；三、攝影，例如：拍星空效果拔群；四、手機，例如：用鎖屏密碼深度加密手機效果拔群；五、比賽，例如：他當後衛效果拔群；六、用品，例如：效果拔群補濕面膜；七、減肥，例如：水果早餐減肥效果拔群；八、魔術，例如：道具效果拔群。

日本語

効果抜群

kōka batsugun

借用形式

「效果拔群」借用日文全部漢字將「効、抜」轉寫成「效、拔」。

形● — 音 — 意 — 改

港式日語例句

這個旅行充電器能夠快速充電，效果拔群。

日語例句

ヨガがダイエットに効果抜群だと聞きました。

聽說瑜珈對減肥非常有效。

192

Bik[1] 壁 Dung[1] 咚

日本語 壁ドン kabedon

日文「壁咚」的「壁」指牆壁，「咚」指拍打牆壁發出的聲音。這個詞有兩個意思：一、當鄰居發出噪音時，拍打牆壁表示抗議；二、來自日本漫畫，男生把女生逼到牆角，用手拍打牆壁後告白。這種告白的橋段大受歡迎，日劇紛紛採用。

二〇一四年「壁咚」被選為日本十大流行語之一。

香港只是借用「壁咚」的第二個意思，借用後出現在：一、日劇，例如：討論日劇各種「壁咚」的場面；二、電視劇，例如：借用「壁咚」橋段後，成為城中熱話；三、攪笑話題，例如：想壁咚成功？先要解除口腔隱藏危機；四、商品，例如：壁咚椒鹽罐。

借用形式

「壁咚」借用日文漢字「壁」後，將「don」音譯成「咚」。

形	音	意	改
◐	◐		

港式日語例句

○○小姐與日本動畫《飛天少女豬事丁》一起拍攝宣傳短片時貼近豬事丁後，某報章報導的標題是：「○○小姐被豬事丁壁咚」。

日語例句

恋愛の壁ドンはないが、隣家の騒音で壁ドンをしたことがある。

我沒做過戀愛的壁咚，卻由於鄰家發出的噪音試過壁咚。

193

Bit[1] 必 Saat[3] 殺 Gei[6] 技

日本語

必殺技

hissatsuwaza

日文「必殺技」本來指比賽中一定能夠打贏對手的「絕招」。日本的星級摔跤手都有必殺技，往往能夠轉敗為勝。單車比賽中，職業選手無論在速度同花式上都會有必殺技。很多動漫都會出現「必殺技」，例如：「龍珠」裡面的「龜波氣功」。香港歌手古巨基唱一首歌叫「必殺技」。現今「必殺技」大多數指能夠最有效的達到目的的「秘訣」，如：上網必殺技、投資必殺技、減肥必殺技、搵工必殺技、尖子必殺技、追女仔必殺技、求婚必殺技等。

借用形式

「必殺技」借用日文全部漢字。

形● 音 意 改

港式日語例句

日本推出《足球小将》手機遊戲。宣傳短片可以看到幾個主要角色射球的必殺技。

日語例句

管理職の友達が面接成功の必殺技を教えてくれた。

做管理層的朋友告訴我面試成功的必殺技。

194

Jat1 Kei4 Jat1 Wui6

一期一會

日本語

一期一会

ichigo ichie

借用形式

「一期一會」借用日文全部漢字。

形●音 意 改

港式日語例句

香港佛門網其中一篇文章的主題是：「一期一會其實是佛教無常觀的體現」。

日語例句

当旅館ではお客様との一期一会を大切にしています。

本旅館非常珍惜與每位客人相遇的時間。

日文「一期一會」來自茶道用語，指一生只有一次相會的機會，應該珍惜。香港有些人將一生縮短成一年，例如：期盼明年的「一期一會」。「一期一會」又在以下各種地方出現：一、日本餐廳名稱，例如：一期一會日本料理；二、報章標題，例如：香港藝術節二〇二一一期一會，網上見；三、電台節目名稱，例如：幸福的繞道第三集一期一會；四、歌曲曲目，叫：《一期一會》；五、繪畫作品展覽的主題，叫：一期一會；六、日記款式，叫：手帳日記一期一會；七、專題故事名稱，叫：一期一會的香氣風景；八、音樂劇場，叫：一期一會；九、網購，例如：一期一會限定套裝；十、廣告，例如：半島酒店一期一會中菜晚宴。

195

無 Mou[4] 造 Zou[6] 作 Zok[3]

日本語 無造作 muzōsa

借用形式

「無造作」借用日文全部漢字。

形●—音—意—改

港式日語例句

很多女明星換了個無造作髮型，都得到粉絲稱讚。

日語例句

ソファにファッション雜誌が何冊か無造作に置かれていた。

沙發上隨意放著幾本時尚雜誌。

中文「做作」指刻意做出虛假的表現，令人覺得不自然。日文「無造作」指「簡單、隨心所欲、自然」。日本二〇二二年最流行的「無造作髮型」指令人感受到自然美的髮型，例如：曲髮的髮尾抓得蓬鬆造出一點凌亂感。「無造作服裝」指隨心配搭打造出輕鬆休閒感的服裝。「無造作化妝」是清淡卻呈現出自然神采的妝容。「無造作家居設計」是簡約優雅的設計。香港借用後，出現：一、髮型：十分隨性、十分甜美的無造作不敗髮型；二、服裝：這種穿搭組合能打造日系感的無造作休閒風格；三、化妝：只要學會技巧上色，就可以演繹出無造作眼妝；四、家居設計：日系室內設計，能夠體現出清簡無造作的美。

196

Jat[1] 一 Kap[1] 級 Paang[5] 棒

日本語 一番 ichiban

日文「一番」修飾形容詞時表示「最」，例如：「富士山は日本で一番高い」（富士山在日本最高）；單獨使用時表示「最好」，例如：「温泉に入るのが一番だ」（泡溫泉是最好的）。香港把「一番」音譯成「一級棒」，用來形容「好犀利」，「好勁」，「非常好」，出現在：一、歌曲，例如：○○歌手唱的歌叫《我愛一級棒》；二、甜品，例如：有酒店推介一級棒甜品；三、床，例如：有住客表示○○酒店的床一級棒；四、書籍，例如：○○歌手舉辦《我的人緣一級棒》演唱會；五、球員，例如：這個球員無論球技、行為都是一級棒。

借用形式

「一級棒」是日文「ichiban」的音譯詞。

形 — 音 ● — 意 — 改

港式日語例句

這間日本餐廳有很多顧客，因為食物味道和服務員的態度都是一級棒。

日語例句

うちに帰ってテレビを見ながらビールを飲むのが一番だ。

回家後邊看電視邊喝啤酒是最好的。

197

Oishii

Oi^{3} Si^{1}

日本語 おいしい

oishii

借用形式

「Oishii」是日文「おいしい」的音譯詞，借用了日文羅馬字拼寫。

形 — 音 ● — 意 — 改

日本人讚賞食物好味道時會說 oishii。很多香港人會說 oi^{3} si^{1}，其實更接近日文 oishii 的發音應該是 oi^{2} si^{1}。香港的商店則用來做廣告，例如：二〇二〇年某超級市場開了三十七間 Oishii Su-pa- 分店後，店內不斷播出 Oishii Su-pa- 主題曲。有網友反映，每次進去都會聽到 Oishii Su-pa-，已經到了洗腦的程度。另外一個二〇二一年的廣告是：「一齊嚟〇〇快餐店享受 Oishii Ocean-!」有店舖叫 Oishii Sushi。有些人在 oishii 前面加程度副詞，例如：真係超 oishii、好 oishii。又有人在 oishii 後前面加英文、中文或日文，例如：Oishii Ocean、Oishii 禾味、Oishii Desu。

港式日語例句

日本包裝非常精美，《OISHII ART OISHII DESIGN 設計展》展出合共一百款與食物相關的設計，讓香港市民欣賞日本飲食包裝設計。

日語例句

量は少なくても健康的でおいしい料理を食べたいと思う。

即使份量少，我也寧願吃既健康又美味的菜。

198

追加
Zeoi1 Gaa1

日本語 追加 tsuika

中文和日文「追加」的意思一樣，都是指「在原數上額外附加或補足」。根據香港報章資料庫統計顯示，一九九八年至一九九九年香港出現有關「追加」最多的詞是「預算」。到了二〇二一年多了與「美食」相關的詞。日本人在餐廳第一次點菜後，再點菜叫「追加」。餐廳為了吸引食客多點菜，餐牌上通常都會標示「追加」的優惠和選擇。香港無論是日本菜、西餐或廣東菜的食肆都借用「追加」。「追加」通常與「優惠」一起出現，例如：追加美食大優惠、追加優惠均為折實價、可享火熱追加優惠最多兩次。「追加」的食物包括：小食、飲品、湯、矜貴食材（例如：日本生蠔）、配料、飯、主菜、配菜等。這些「追加」優惠，無論是堂食、外賣、到會，都可以享用。

借用形式

「追加」是中日「同形異義詞」，借用日文指「在餐廳第一次點菜後，再點菜」的意思。

形—音—意—改

港式日語例句

全新日式Buffet登場，無限追加多款人氣美食。

日語例句

追加でピザを一つ注文したらワイン一杯サービスされた。

我們又點了一個披薩，竟然免費送了一杯紅酒。

199

Gwo[2] Zi[2]

菓子

日本語

菓子

kashi

日文「菓子」的意思是零食。很多香港人從小到大都喜歡吃日本薯片、薯條、蝦條、朱古力、餅乾、蛋糕、曲奇等零食。有些香港人覺得到超市選擇不多，所以專程去那些由日本直運到香港的商店買。近年有日本人氣大型連鎖雜貨店登陸香港，大受歡迎，因為不但價錢便宜，而且種類眾多，更可以買到日本才有的零食。日文「菓子屋」是賣零食的店鋪，香港有零食店叫「〇〇菓子屋」、甜品專門店叫「〇〇菓子」、法式糕餅店叫「〇〇菓子店」、雜貨店餐廳叫「菓子横丁」。有一間百年老字號天然生曬豉油工廠，竟然叫「〇〇醬油菓子廠」。香港傳媒亦緊貼報導有關日本「菓子」的新聞，例如：新版樂天熊仔餅造型人形燒，加設朱古力口味，讓熊粉絲吃起來好像是巨型版的熊仔餅。

借用形式

「菓子」借用日文全部漢字。

形 ● 音 — 意 — 改

港式日語例句

日本抹茶菓子套裝大割引。

日語例句

お菓子はおいしいが、食べすぎると虫歯になる。

零食好吃，但吃多了會蛀牙。

200

辛口／甘口

San¹ Hau² / Gam¹ Hau²

日本語 辛口 karakuchi／甘口 amakuchi

日文「辛口」和「甘口」都常用來形容食品、飲品、調味料及菜式的味道。一般來說，「辛口」表示：辣、濃、酒精度高、不甜。「甘口」表示：甜、淡、酒精度低、沒有酒精。例如：一、咖喱磚—辛口（辣，無辣不歡的人喜歡吃）、中辛（微辣，大多數人喜歡吃）、甘口（有蘋果及蜂蜜，小學生都喜歡吃）；二、日本酒—辛口（酒精度高、dry、味道比較濃烈的清酒）、甘口（酒精度低及甜的梅酒、沒有酒精及甜的甘酒，小學生都可以喝）；三、味噌—辛口（偏鹹）、甘口（偏甜）；四、料理—辛口（重口味）、甘口（清淡）。香港借用後，出現在：一、廣告，例如：○○燒肉汁（甘口）、○○啤酒（辛口啤酒之王）；二、文章，例如：港式奶茶、茶色金黃不啞、甘口不澀；三、書籍，例如：《周作人自編集：苦口甘口》。

借用形式

「辛口／甘口」借用日文全部漢字。

形● — 音 — 意 — 改

港式日語例句

有食家推薦甘口和辛口的菜式：紅酒甘口咖喱飯、甘口咖喱牛肉意粉醬、辛口醬油炒柔軟魷魚、辛口沖繩豬手。

日語例句

私は辛口のルーを使ってカレーライスを作る。

我用辛口的咖喱磚來做咖喱飯。

201

Sin[1] **鮮** Dou[6] **度**

日本語

鮮度

sendo

借用形式

「鮮度」借用日文全部漢字。

形 ● —音 —意 —改

港式日語例句

美國鮮度感應器可以自動計算出保存期限，提醒你哪些食物將會過期。

日語例句

お刺身は鮮度が一番大事だ。

生魚片最重要的是新鮮程度。

日文「鮮度」指海鮮、肉、蔬菜等食物的新鮮程度。日本使用「鮮度瓶」保鮮，例如：鮮度味噌高湯。另外，日本還出產了鮮度保持袋、鮮度吸水紙、鮮度米箱、蔬果鮮度保持盒等。香港借用後，用不同的詞來形容「鮮度」，例如：鮮度下降、鮮度好、鮮度很高、鮮度十足、鮮度滿分、鮮度無與倫比、鮮度出眾、鮮度拔群（鮮度極高）。香港用「鮮度」除了形容海鮮、肉、蔬菜等食物之外，還用來形容：一、米，例如：每日香港精米，確保鮮度；二、蛋，例如：高 HU 是雞蛋鮮度指標之一；三、花，例如：保存玫瑰花的鮮度。香港人翻譯外國產品都用中文，從以下廣告可見，「鮮度」已經成為中文了：Ziploc 三文治密實袋確保食物鮮度。

202

Lei^{4} 離 Jyu^{5} 乳 Sik^{6} 食

日本語

離乳食

rinyūshoku

「離乳食」指寶寶斷奶前的副食品或斷奶後的食品。香港可以買到離乳食的食品包，例如：北海道無骨切粒秋鮭、南瓜焗通心粉、野菜米餅、有機米餬等。又可以買到離乳食初期餐具套裝、便攜式離乳食保存盒。有香港媽媽在 Facebook 建立「離乳食 idea」群組分享她給寶寶吃甚麼。日本出版很多離乳食的書，有些翻譯成中文，例如：《原來離乳食這麼簡單》。現代流行的 Baby Led Weaning 中文翻譯為「寶寶主導式離乳法」，這個方法培養孩子從小就愛上飲食和自理用飯。香港甚至連幼小動物的食品都用「離乳食」這個詞，例如：幼犬離乳食雞肉慕斯、幼貓用離乳食。

借用形式

「離乳食」借用日文全部漢字。

形● 音 意 改

港式日語例句

有一本書教新手媽媽怎樣輕鬆地烹調出寶寶喜愛吃的離乳食品。

日語例句

赤ちゃんがようやく離乳食を食べるようになった。

寶寶終於開始吃離乳食了。

203

味付

Mei6 Fu6

日本語 味付 ajitsuke

日文「味付」指「已經調味」，例如：味付海苔（紫菜）是已經調味的海苔。香港能買到的「味付」產品可以分為三類：一、海產，例如：味付魷魚、味付八爪魚仔、味付海螺肉、味付蜆肉、味付鯖魚、味付鮑魚片、味付赤貝、味付帶子裙邊、味付海蜇、味付沙甸魚、味付魚翅；二、素食，例如：味付溏心蛋、味付鵪鶉蛋、味付麻筍、味付榨菜、味付玉子豆腐、味付金針菇、味付油楊、味付中華沙律；三、肉，例如：味付豬手、味付豬軟骨；四、調味品，例如：味付檸醋、味付胡椒鹽。「味付」包裝產品有：膠袋、罐頭、玻璃樽、膠盒。生產地有：日本、中國內地、中國台灣、中國香港。食用方法有：即食、需烹調。

借用形式

「味付」借用日文全部漢字。

形● — 音 — 意 — 改

港式日語例句

香港有迴轉壽司店提供四色味付小菜，疊加壽司刺身之上，使壽司變得更有滋味。

日語例句

私は和食の朝食を食べるとき味付のりが一番好きだ。

我吃日式早餐時最喜歡吃有味道的紫菜。

204

Hau[5]

厚

Cit[3]

切

日本語

厚切り

atsugiri

日文「厚切り」的意思是「厚片」，吃起來更有嚼勁，更有滋味，例如：厚切り牛タン（厚切牛舌）、厚切り豚生姜焼（厚切豬肉生薑燒）。有些食物強調「厚片」而價錢和普通款一樣，例如：厚切りポテトチップス（厚切薯片）、厚切りバウムクーヘン（厚切年輪蛋糕）。香港本來只有「厚多士」，但形容日本牛肉都用「厚切」，例如：厚切鹿兒島和牛、厚切燒牛肉丼、厚切牛肋骨三文治。甚至連來自日本以外的地方都用「厚切」，例如：超厚切美國頂級牛T骨扒、台灣厚切牛板腱、高質厚切韓式牛扒。本地的食物也用「厚切」，例如：厚切餐肉煎雙蛋飯、厚切豬膶麵、厚切五花肉飯、厚切餐肉滑蛋芝士包。

借用形式

「厚切」借用日文全部漢字。

形● 音 意 改

港式日語例句

這款號稱「史上最厚」的厚切薯片比一般的厚了三倍，很受歡迎。

日語例句

友達に厚切りステーキをごちそうになった。

我朋友請我吃厚切牛排。

205

Ceon4

旬

日本語

旬

shun

中文和日文「旬」都指十日或十歲，但日文「旬」又可以指時令蔬菜、水果、海鮮。日本菜喜歡用時令最新鮮的食材烹調，所以經常說：旬の野菜、旬の味、最も旬の季節、夏の旬な食材。香港翻譯後出現：「旬味」、「旬之味」、「最旬」、「旬之野菜」、「春之旬料理」、「旬之季節」等詞。香港很多日本Omakase、餐廳、壽司店、居酒屋都強調用時令食材為食客炮製季節旬味的菜式。香港創作了有關「旬」的新詞「旬鮮」，例如：有居酒屋的網頁寫「本格串燒／旬鮮料理」，有日本餐廳叫「旬鮮〇〇」。香港會看到一些用「中日夾雜」的廣告語，例如：「梅旬の季節到來」、「旬の野菌手工和牛漢堡」。

借用形式

「旬」借用日文全部漢字。

形● — 音 — 意 — 改

港式日語例句

日本人用秋季旬之野菜烹調的食物有：栗子飯、栗米湯、照燒茄子、天婦羅番薯。

日語例句

ここのシェフが使うのは旬の食材ばかりだ。

這裡的廚師用的都是時令食材。

206

一人前

Jat[1] Jan[4] Cin[4]

日本語 一人前 ichininmae

日文「一人前」有兩個意思，第一個意思是「一客食物」，例如：一人前刺身（一客刺身）。第二個意思是「合專業資格的人士」，例如：一人前の醫者（合專業資格的醫生）。說食物時，「一人前」可以放在食物名稱之前或之後，例如：一人前ラーメン（一碗拉麵）、お粥一人前（一碗粥）。香港只借用了第一個意思。「一人前」放在食物名稱之前的，有：一人前晚餐。「一人前」放在食物名稱之後的，有：日本蟹肉粥一人前。香港有不少人選擇單身，享受獨處的幸福，所以有人將「一人前」當作「一個人」，例如：一人前生活、享受一人前時光。

借用形式

「一人前」借用日文全部漢字。

形●—音—意—改

港式日語例句

有一間茶餐廳新年期間推出一人前盆菜，就算一個人食都覺得好幸福喎！

日語例句

一人前鍋セットを買ったら、安くておいしかった。

我買的一人份火鍋湯包，既便宜又好吃。

207

Omakase

Ou3 Maa1 Kaa1 Se1

日本語　おまかせ

omakase

Omakase在日本雖然價錢相當貴，食物由廚師發辦，按客人需要，如果客人是喝酒的，便會給魚生及佐酒菜。Omakase用最新鮮的時令食材，廚師廚藝高超保證客人滿意。日本有刺身壽司、懷石料理、和牛的omakase。香港近年有很多地方可以吃到omakase，有傳媒介紹高級的和平民化的omakase。高級omakase的廚師、食物、環境都一流，價錢$1000-3000。為了吸引消費者，有omakase推出$500午市套餐；有多間平民化的omakase開業，用平價的$168套餐招徠顧客。

借用形式

音譯日文「おまかせ」及借用日文羅馬字「omakase」的拼寫。

形 — 音 ● — 意 — 改

港式日語例句

有一間Omakase的優惠是二人同行，一人免費，所以有不少人光顧。

日語例句

板長のおまかせコースは予約をしないと食べられない。

由主廚為食客決定的套餐不預訂就吃不到。

208

Sing6
盛
Hap6
合

日本語

盛合せ

moriawase

日文「盛合」指「拼盤」，日本食物有：刺身盛合、壽司盛合、和牛盛合、串燒盛合；西式食物有：香腸盛合、芝士盛合。香港借用後，出現：一、食物名稱＋盛合，例如：刺身盛合、壽司盛合、天婦羅盛合、野菜盛合；二、數字＋盛合，例如：八人盛合、九宮格燒牛盛合、二人前盛合、四人前盛合；三、節日＋盛合，例如：聖誕特典盛合、日本兒童節鯉躍黃金山盛合；四、盛合＋早／午／晚餐，例如：三味盛合早餐、壽司盛合假日午膳、「和牛海膽盛合」自助晚餐；五、形容詞＋食物名稱＋盛合，例如：即食野菜盛合、期間限定外賣盛合、超值三文魚盛合；特上（高級）壽司盛合；六、盛合＋贈品，例如：生串燒盛合附送一次性炭火爐、新年盛合送利是封。

借用形式

「盛合」借用日文全部漢字。

形● 音 意 改

港式日語例句

母親節出街食好多人，買個盛合返嚟慢慢嘆咪仲好。

母親節到外面吃飯的人很多，買一個盛合回來慢慢享受豈不更好。

日語例句

今日はお祝なので豪華なお刺身の盛り合わせを頼んだ。

今天過節，所以叫了豪華的生魚片拼盤。

209

Sing6

盛

日本語

盛

mori

借用形式

「盛」借用日文全部漢字。

形● —音 —意 —改

港式日語例句

日本一間生產商推出「超超超超超超大盛」，即食麵的份量高達普通裝的八倍，有消費者開玩笑說食得下才怪呢！

日語例句

普段は並だが、今日はおなかが空いているので大盛を注文した。

平時吃普通份量，但今天肚子餓，所以點了大碗飯。

中文「盛飯」的意思是將飯裝入碗中，日文也有這種說法。日本的菜牌上寫的「盛」，表示盛飯的份量。除了飯，還有拉麵、定食、壽司、刺身、意粉都用「盛」表示份量。二〇一九年有日本連鎖店推出六款份量：小盛（細）、並盛（普通）、アタマの大盛（飯普通，多肉）、大盛（大）、特盛（特大）、超特盛（極大）。香港除了出現以上各種「盛」，創了新詞「中盛」代替「並盛」。有關的食物包括：一、丼，例如：蒲燒鰻魚丼大盛；二、套餐，例如：三文魚大盛丼套餐；三、拉麵，例如：芝士海老拉麵大盛；四、即食麵，例如：豚咖喱撈麵中盛；五、壽司，例如：壽司小盛；六、刺身，例如：大盛刺身。

210

Gwaan[1] 關 Dung[1] 東 Zyu[2] 煮

日本語

関東煮

kanto daki

「關東煮」是源自日本關西（大阪、京都等地）的一種傳統食物，材料包括：雞蛋、蘿蔔、海帶結、蒟蒻、獅子狗、豆腐等。其實只有關西地區叫「關東煮」（「關東」即東京和附近的縣），全日本其他地方都叫「oden」。香港到處都可以吃到「關東煮」。香港有公司用「關東煮」作為煮食時使用〇〇醬油及豆腐廣告。香港有小店創造了新詞「關北煮」，用香港的魚蛋、牛丸等食材，引起傳媒報道。

借用形式

「關東煮」借用日文全部漢字。

形● 音 意 改

211

精進料理

Zing1 Zeon3 Liu6 Lei5

日本語 精進料理 shōjin ryōri

「精進料理」指「素食」，源自日本僧人帶著感恩的心去烹調素食作為修行。後來款待到訪貴客，發展出令人賞心悅目的素食。到了現代日本「精進料理」已經大眾化。香港借用這個詞來表示精緻的高品質素食，例如：用九格木盒放不同食物、用日本料理方法製作的豆乳鍋、野菜天婦羅。香港有精進料理基礎班，也有人去日本鑽研精進料理。有不少報章介紹吃精進料理的餐廳，也有中式素食店鋪改稱「〇〇精進料理」。

借用形式 「精進料理」借用日文全部漢字。

形● 音 意 改

212

立食

Laap6 Sik6

日本語 立食／立喰 tachigui

日文「立食」或「立喰」指上班族站著吃飯。香港二〇一八年開業的一間日本立食壽司餐廳很受打工仔歡迎。越來越多人喜歡日本立食文化，報章特別介紹一些立食店，例如：立食手工紫薯麵包店、立食花果茶店、立食泰式串燒店、立食牛肉漢堡店，立食韓式飯店。有些快餐店也增加了「立食」區域。

借用形式 「立食」借用日文全部漢字。

形● 音 意 改

213 Shabu shabu

Saa1 Bu1 Saa1 Bu4

Shabu shabu

日本語 しゃぶしゃぶ shabu shabu

Shabu shabu 是「日式涮牛肉」。在煮好的昆布鰹魚湯裡，先涮薄切和牛，和牛變色便蘸蛋汁和醬汁，立即享用。然後放其他材料，最後放拉麵及蛋汁，連湯帶麵一起享用。香港人喜歡「打邊爐」，當然喜歡也 Shabu shabu，不少人會去專門店吃日式涮牛肉放題，大快朵頤。香港人經常說 saa1 bu1 saa1 bu4，但其實比較接近日文發音的是 saa4 bu1 saa1 bu1。

借用形式

音譯日文「しゃぶしゃぶ」及借用羅馬字「shabu shabu」拼寫。

形	音 ●	意	改

214 味醂

Mei6 Lam4

味醂

日本語 味醂 mirin

日本的「味醂」是烹調時使用的甜酒，可以去除腥味、更鮮味、有亮澤、不變稀爛。有兩種味醂：一、「本味醂」：價錢較貴，適合在未煮前用來醃魚／肉；二、「味醂風」：價錢較平，適用於一面炒食材一面加入。香港超級市場都有以上兩種「味醂」。日式照燒雞、銀鱈魚西京燒都會用「味醂」做調味料。有香港食譜介紹，用「味醂」來做香港料理，會使餸菜更有滋味。

借用形式

「味醂」借用日文全部漢字。

形 ●	音	意	改

215

木 Muk6 魚 Jyu4 片 Pin2

日本語 カツオ節 katsuobushi

「木魚片」是將木魚乾（鰹魚乾）刨成的薄片。日本人一般用來做日式湯底，也會灑在大阪燒、章魚燒上面。甚至有人放在飯糰裡面。「木魚粉」（鰹魚素）是用木魚提煉成的調味料，用來炒菜味道鮮美。「木魚汁」（鰹魚汁）通常用來做蕎麥麵沾醬。現成的木魚湯包，加配料或味噌煮就可以喝。

借用形式

「木魚片」是日文「カツオ節」的意譯詞。

形—音—意●—改

216

料 Liu6 理 Lei5 酒 Zau2

日本語 料理酒 ryōrishu

日本的「料理酒」是專門為烹調而製造的米酒，不能飲用。可以去除魚腥或肉的臭味，因為加了鹽和糖製成，所以餸菜會增添米香少甜少鹹的滋味。「料理酒」不但可以煮日本菜，還可以煮西餐和中國菜。香港越來越多人使用，日本超市、網店、一些本地的大型超市都可以買到。

借用形式

「料理酒」借用日文全部漢字。

形●—音—意—改

217

Sau^{6} 壽 Si^{1} 司 Cou^{3} 醋

日本語 寿司酢 sushizu

日本「壽司醋」是用來做壽司的醋，把它淋在熱飯上一面潑扇一面攪動，可以將米飯多餘的水分蒸發，降溫後的醋散發出酸中帶甜的味道包住每粒米飯，可以提升米飯光澤、香氣，味道。「壽司醋」又有保鮮功能，所以日本人喜愛做壽司去郊遊時吃。除了壽司，日本人還用壽司醋來做泡菜，例如：將蘿蔔、青瓜、牛蒡、蕃茄切絲後加「壽司醋」醃製。香港越來越多人自己做壽司，市面上都可以買到「壽司醋」。有人用來煮中國菜，發現可以增鮮提味。

借用形式

「壽司醋」借用日文「寿司」，將「寿」轉寫成「壽」。而「醋」是日文「酢」的意譯。

形◐｜音｜意◐｜改

218

Gaa3 Lei1 Zyun1

咖喱磚

日本語

カレールー

karē rū

借用形式

日文「カレールー」來自英文 curry ＋ 法文 roux（奶油炒麵餬）的合稱。「咖喱磚」是將「カレー」（karē）音譯成「咖喱」，將「ルー」改寫成「磚」。

形—音◐—意—改▲

咖喱從英國進口後，在日本有不同味道的咖喱磚發售：例如「甘口」（甜）、「中辛」（少辣）、「辛口」（辣）。一般日本媽媽用「甘口」咖喱磚、洋蔥、紅蘿蔔、薯仔、肉煮好，淋在白飯上，便成為孩子愛吃的「咖喱飯」。其實每個媽媽都有自己的心得，例如：加蘋果、蜂蜜、醬油、麵豉等等。有個網民說因為愛看日劇就迷上「日式咖喱飯」。香港每間日本餐廳、每個廚師都有自己獨特配製咖喱的秘方。

219

野 Je5 **菜** Coi3

日本語

野菜 yasai

日文「野菜」指蔬菜。從日本進口的「野菜」有椰菜、菠菜、西蘭花、紅蘿蔔、南瓜、蕃茄、牛蒡、百合等。香港有一間從日本來的 Shabu Shabu 專門店叫「温野菜」，店名代表溫熱的野菜。另一間「日本野菜料理」，食物設計精緻，味道清新可口。香港可以買到日本蔬果汁，例如：野菜生活一百。香港餐廳的餐牌出現：野菜煎雞飯、野菜鮮魚餅。

借用形式

「野菜」借用日文全部漢字。

形● 音 意 改

220

海 Hoi2 **苔** Toi4

日本語

海苔 nori

日本的「海苔」指紫菜。沒有添加調味料的「海苔」片，日本人用來做海苔便當、手卷壽司、軍艦卷和包年糕。加了調味料的「海苔」叫「味付海苔」，日本人會用來伴飯。佃煮海苔醬也用來伴飯吃。香港人喜歡把「味付海苔」當零食吃。香港有人把「海苔」叫做「壽司紫菜」、「日本紫菜」。有商家在「海苔」旁邊附加「紫菜」註明。香港銷售的海苔產品，除了來自日本，還有中國內地、中國台灣和中國澳門地區、韓國、泰國。

借用形式

「海苔」借用日文全部漢字。

形● 音 意 改

221

Gwo^{2} Mat^{6}

果物

日本語

果物

kudamono

日本「果物」指水果。香港「果物」出現在：一、日本產品，例如：日本果物盛合；二、中國香港產品，例如：果物蘇打水；三、果物節，例如：百貨公司舉行「果物節」；四、中國台灣產品，例如：養生之果物；五、泰國產品，例如：泰國米餅 Woodridge - Seaweed Sticky Rice Chips 翻譯成「森之果物 —— 手造脆米片」；六、零售商，例如：有水果零售商叫「果物〇〇」；七、廣告，例如：【週年特賣】秋之果物；八、書籍，例如：《好果物 —— 草本療癒果實類彩色圖鑑》；九、節日：新春果物賀新歲。

借用形式

「果物」借用日文全部漢字。

形● —音 —意 —改

222

Daai[6] Gan[1]

大根

日本語

大根 daikon

日本「大根」指蘿蔔。在寒冷的日子，日本人喜歡吃關東煮、大根煮魚、喝大根油揚豚肉味噌湯。天婦羅與磨成蓉的大根醬油蘸著吃更好吃。新年家庭主婦都會用醋及糖醃製大根和紅蘿蔔做配菜。香港普通超市和街市也開始有「大根」賣。有些香港品牌的賀年蘿蔔糕都強調是「大根蘿蔔特製」。

借用形式

「大根」借用日文全部漢字。

形● ｜音｜意｜改

223

Tyun[4] Juk[6]

豚肉

日本語

豚肉 butaniku

日文「豚肉」指豬肉。香港借用後，本來只是指日本的豬肉，例如：頂級日本豚肉、日本人氣豚肉丼。慢慢「豚肉」用來表示外地輸入的高級豬肉，例如：西班牙黑豚肉、美國黑豚肉。後來，「豚肉」更用來表示本地的高級豬肉，例如：灣仔碼頭咖哩豚肉餃子、四重芝士豚肉粽。

借用形式

「豚肉」借用日文全部漢字。

形● ｜音｜意｜改

224

Naap6 Dau2

納豆

日本語

納豆

nattō

日本人吃飯時習慣吃「納豆」。這種由黃豆發酵的食品雖然味道不是很好，但是研究指出對身體非常好。很多香港人第一次吃納豆，都會覺得臭臭的、黏黏的、凍冰冰，慢慢習慣了都會吃。現在很多超級市場都可以買到。納豆解凍後，放在熱騰騰的飯裡面，加上醬汁和芥辣便會好吃多了。

借用形式

「納豆」借用日文全部漢字。

形● 音 意 改

225

Zi1 Dau2

枝豆

日本語

枝豆

edamame

日文「枝豆」指毛豆，是居酒屋必叫的人氣佐酒小食。七八月出產量最多。日本人用鹽水煮熟枝豆後做零食，也用來做沙律、煎餅、春卷材料。日本出產枝豆料理快速製作微波盒，可以幫到忙碌的人也吃到枝豆。香港超市很多急凍枝豆、枝豆零食，例如：枝豆零食米菓。香港有報章報導「枝豆」營養豐富，是健康零食及減肥恩物。香港的街市及超市在「毛豆」當季時可以買到。

借用形式

「枝豆」借用日文全部漢字。

形● 音 意 改

226 漬物

Zik1 Mat6

日本語 漬物 tsukemono

日文「漬物」指浸泡的蔬菜，有鹽漬、味噌漬、醋漬、醬油漬、糠漬等等。在香港吃日本菜時經常看到的漬物有：黃蘿蔔、青瓜、牛蒡、茄子等等。有些日本漬物要醃很久，但是「淺漬」只需要醃幾個小時。有調查指出日本人愛吃的漬物是酸梅和小黃瓜淺漬。有營養師認為吃這些日本漬物有助於身體健康，香港的日本超級市場都可以買到。

借用形式

「漬物」借用日文全部漢字。

形● 音 意 改

227 宇治金時

Jyu5 Zi6 Gam1 Si4

日本語 宇治金時 uji kintoki

日文「宇治」指京都的一個地方，「金時」指紅豆，「宇治金時」是日本傳統刨冰，材料是綠茶糖漿＋甜紅豆＋湯圓＋刨冰。香港的「宇治金時」各有特色，例如：一、加抹茶沙冰；二、加抹茶雪糕；三、加豆腐雪糕；四、宇治金時奶凍刨冰；五、宇治金時批；六、宇治金時心太軟；七、宇治金時雪條；八、宇治金時蛋糕；九、宇治金時冰狗。另外，有低糖少甜宇治金時。

借用形式

「宇治金時」借用日文全部漢字。

形● 音 意 改

228

帆立貝

Faan4 Laap6 Bui3

日本語 ホタテガイ

hotategai

香港賣「日本貝柱」（或「日本帶子」）時經常直接寫「帆立貝」，其實都是「扇貝」。在北海道出產的「帆立貝」可以做刺身及壽司。用蒜蓉粉絲蒸「帆立貝」是很多香港人都喜歡吃的。急凍的「帆立貝」，解凍後用牛油同蒜蓉煎也十分美味。不少人都喜歡吃「帆立貝零食」。

借用形式

「帆立貝」借用日文全部漢字。

形● | 音 | 意 | 改

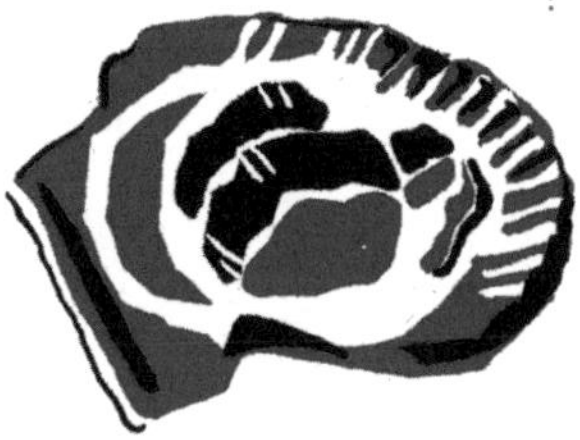

229

蟹籽

Haai5 Zi2

日本語 とびこ

tobiko

「蟹籽」經常被人誤會是蟹的卵子，其實多數是飛魚或多春魚的卵子。「蟹籽」不但營養豐富，而且味道鹹中帶甜，日本人用來做蟹籽壽司、蟹籽三文魚飯、蟹籽青瓜沙律、海膽蟹籽炒飯都非常美味！香港製造的本地蟹籽雲吞、蟹籽燒賣、蟹籽魚肉燒賣、芝士蟹籽丸。連盤菜都有蟹籽，大家都有聽過吧！

借用形式

日文「とびこ」指「飛魚的卵子」。「蟹籽」是改寫「とびこ」而來。

形 | 音 | 意 | 改▲

230

To¹ 拖 Lo⁴ 羅

日本語

トロ

toro

「拖羅」是吞拿魚（又名鮪魚，金槍魚）的魚腩，是最肥美的部份，日本人用來做刺身或壽司。香港可以吃到即劏即日從日本直送到香港的「拖羅」。香港日本餐廳的拖羅飯、拖羅定食雖然價錢都比較貴，但是仍然有不少食客捧場。有些人覺得「拖羅」太多脂肪，所以喜歡吃「炙拖羅」。

借用形式

「拖羅」音譯日文「トロ」。

形—音●—意—改

231

年 Nin[4] 輪 Leon[4] 蛋 Daan[6] 糕 Gou[1]

日本語

バウムクーヘン

baumukūhen

「年輪蛋糕」從歐洲傳入後，日本研發具有本地特色的蛋糕。二〇二一年「日本年輪蛋糕博覽會」，日本人投票選出最受歡迎的是抹茶年輪蛋糕。香港到處都可以買到不同口味的日本「年輪蛋糕」。日本甜品專門店以網店形式進駐香港，主打天然有機年輪蛋糕，例如：朱古力香橙年輪蛋糕。

借用形式

日文 baumukūhen 來自德文，意思是樹輪蛋糕。「年輪蛋糕」是日文 baumukūhen 的意譯詞。

形 — 音 — 意● — 改

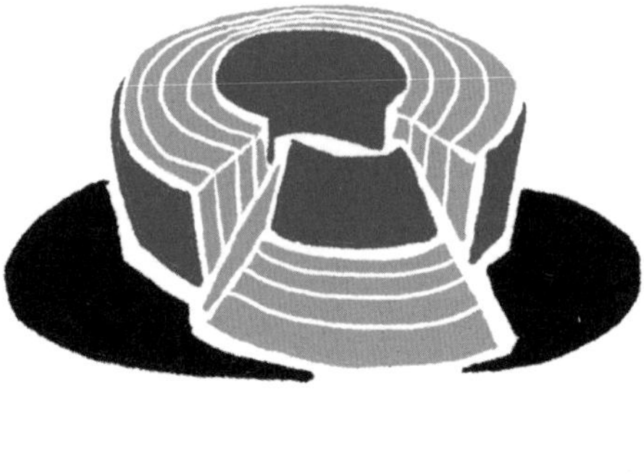

232

茶漬飯

Caa4 Zik1 Faan6

日本語 お茶漬 ochazuke

「茶漬飯」指日式泡飯。日本出產「茶漬飯粉」是因為有些人趕時間或者只是有點餓，將剩飯加上茶漬飯粉後沖熱水便可以吃。後來有很多吃茶漬飯的餐廳，用料烹調十分講究，香港遊客吃過都讚不絕口。香港越來越多日本餐廳可以吃到「茶漬飯定食」，有食客推薦：三文魚茶漬飯定食、海膽茶漬飯定食、鰻魚茶漬飯定食。有些網民分享如何烹調美味的茶漬飯，比如可以用昆布鰹魚湯、綠茶鰹魚湯、玄米茶高湯來泡飯。

借用形式

「茶漬飯」借用日文「お茶漬」後，省略前綴「お」，再加類後綴「飯」。

形 ◐ — 音 — 意 ✚ — 改

233

甘酒

Gam1 Zau2

日本語 甘酒 amazake

日本「甘酒」製做一般分兩種：一、酒粕甘酒：有微量酒精，女士喜愛喝；二、米麴甘酒：沒有酒精，女兒節家長會讓小孩喝。日本人新年去神社參拜，都會喝「甘酒」。香港可以買到米麴甘酒、美肌甘酒、美容甘酒、豆乳甘酒、乳酸菌甘酒。香港有傳媒亦報導「甘酒」可以保健、養生、美顏、瘦身，所以越來越多人開始買來喝。有用家更介紹烹調料理用「甘酒」取代砂糖更加健康。

借用形式

「甘酒」借用日文全部漢字。

形 ● — 音 — 意 — 改

234

Jyun4 Mai5 Caa4
玄米茶

日本語
玄米茶
genmaicha

「玄米茶」是用綠茶加上烘焙過的糙米（日文稱糙米為玄米）的日本茶。「玄米茶」不但好喝，而且有助身體健康。香港人喜歡喝瓶裝玄米茶及用熱水泡玄米茶包。其實日本還有玄米茶粉、抹茶黑豆玄米茶、玄米茶蛋糕等產品。香港有商店製造柚子玄米茶啤酒、玄米茶曲奇、玄米茶雪糕、玄米茶沙冰。

借用形式

「玄米茶」借用日文全部漢字。

形 ● 音 — 意 — 改 —

235

Dau6 Jyu5
豆乳

日本語
豆乳
tōnyū

日文「豆乳」的意思是豆漿。日本有三種豆乳：一、無調整豆乳（沒添加調味料）；二、調整豆乳（添加調味料／低卡路里／特濃）；三、豆乳飲品（添加調味料、麥芽、紅茶、抹茶等）。香港都可以買到這些「豆乳」。香港開了一間新派豆乳專門店，主打芋泥豆乳、豆乳雪糕。日本有調查指出香港製造的麥精和維他奶，竟然打入日本便利店人氣豆乳流行榜。

借用形式

「豆乳」借用日文全部漢字。

形 ● 音 — 意 — 改 —

236

燒酎

Siu[1] Zau[6]

日本語 燒酎 shōchū

「燒酎」是用蒸溜方法製造的日本燒酒。酒精度比清酒和梅酒高，通常在三十六度以下。「燒酎」由不同的原料製造，常見的口味有：米燒酌、大麥燒酎、甜薯燒酎、黑芋燒酎等。「燒酎」可以純飲、加水、加果汁。「酎」的廣東話讀音是 zau[6]（就）。香港人在超市、網上、日本酒專門店都可以買到，也可以到日本酒吧豪飲。

借用形式

「燒酎」借用日文全部漢字。

形● 音 意 改

237

磯釣

Gei[1] Diu[3]

日本語 磯釣り isozuri

日文「磯釣」指人站在近岸或坐船到沿海岩石上釣魚。香港借用後出現在：一、基本知識：網上有人分享「磯釣入門」短片及文章；二、組織：一九九四年成立「東磯釣魚會」；三、課程：有磯釣入門、磯釣師專業證書課程；四、裝備：磯釣防滑鞋、救生衣、防風防水衣褲、太陽帽、保凍魚箱；五、比賽：二〇一〇年香港舉行第一屆磯釣公開賽；六、交流：日本磯釣高手二〇二〇年到香港與釣魚協會成員進行磯釣交流。

借用形式

「磯釣」借用日文全部漢字，刪掉「り」。

形● 音 意 改

238

Zuk1 **足** Juk6 **浴**

日本語

足浴

sokuyoku

日文「足浴」的意思是泡腳。旅客一面「足浴」一面欣賞風景，頓覺身心愉快。「足浴」對身體孱弱的人有很大的幫助，可以促進血液循環及提高睡眠質素。香港有很多日式足浴店可以泡腳並按摩。有些人喜歡買足浴產品，例如：智能足浴器、草本足浴藥粉。在家放入熱水後泡腳，就立即可以恢復精神。

借用形式

「足浴」借用日文全部漢字。

形●—音—意—改

239

最終回

Zeoi[3] Zung[1] Wui[4]

日本語

最終回

saishūkai

借用形式

「最終回」借用日文全部漢字。

形● —音 —意 —改

港式日語例句

美國藝術家聯展最終回將會在香港展出。

日語例句

ドラマの最終回は最高の視聴率を記録した。

這個電視劇的大結局創下最高收視率。

「回」在日文和中文中都表示「次數」，現代連續劇的第幾集，日文仍然用「回」，而中文則用「集」。連續劇、連載漫畫、一系列的旅遊資訊、一系列的小說最後一集，日文寫著「最終回」就是「大結局」的意思。香港借用「最終回」後，出現在：一、話戲，例如：影話戲「人民生活」系列最終回；二、漫畫，例如：香港漫畫拳皇最終回；三、優惠，例如：夏日新品最終回；四、演唱會，例如：○○歌星線上演唱會最終回；五、新聞，例如：香港特首選舉辯論最終回；六、旅遊，例如：旅行團——東京篇最終回；七、紀錄片，例如：香港生態紀錄片——最終回。

240

番 外 篇

Faan1 Ngoi6 Pin1

日本語 **番外編** bangaihen

形● 音 意 改

日文「番外編」的「番外」指「後加」。日文把連續劇、一系列的電影的花絮、漫畫或小說在大結局之後加的「特別版」叫做「番外編」。香港借用「番外篇」後，出現在：一、網絡劇，例如：《降魔的番外篇——首部曲》；二、花絮，例如：香港愛情故事番外篇；三、天文台，例如：香港子午線番外篇；四、漫畫，例如：沒有廉政公署的平行時空——番外篇；五、電影，例如：《追龍番外篇之十億探長》；六、動畫，例如：《進擊的巨人番外篇無悔的選擇》；七、小說，例如：《叛逆青春》系列五集及番外篇；八、書籍，例如：《我的港女老婆の東京番外篇》。

借用形式

「番外篇」借用日文全部漢字，將「編」改成「篇」。

港式日語例句

有一齣紀錄片叫：「香港樂壇教父黎小田：紀錄片番外篇」。香港樂壇教父黎小田：越簡單越美麗【紀錄片《童唱嶺南》番外篇】。

日語例句

DVDには各出演者をインタビューした番外編が含まれている。

這個DVD收錄採訪了每位演員的幕後花絮。

241

Jing³ 應 Wun⁴ 援

日本語

応援

ōen

日文「応援」指支持或加油打氣，對象可以是：一、學校裡比賽的同學，通常用歡呼、鼓掌、応援棒、応援橫額打氣；二、球賽的球員和球隊，通常有「応援団」（啦啦隊）跳舞助陣；三、演唱會的偶像，用応援棒（螢光棒／燈）、応援扇寫上「同我結婚」、応援橫幅寫上「我好鍾意你」表示心意；四、応援上映：日本戲院上映人氣動漫劇場版或電影鼓勵觀眾「応援」，所以觀眾可以揮動応援棒大叫大笑。香港借用後翻譯為「應援」。不少香港粉絲（多數是女生）用大量時間、金錢、精力「應援」偶像（本地／外地），為偶像籌款舉行大型生日「應援」活動、看演唱會、辦影迷會、購買周邊產品、分享資訊，更有粉絲常常出現在偶像工作地點「應援」。

借用形式

「應援」是中日「同形異義詞」，借用日文指「支持或加油打氣」的意思。

形｜音｜意｜改

港式日語例句

疫情期間很多粉絲不能坐飛機到外國應援偶像，所以自製紀念品，免費派「應援」給人。她們很單純，只是想更多人喜歡這個偶像。

日語例句

私は応援グッズで他のファンと共にアイドルを応援した。

我用應援物資跟其他粉絲一起為偶像打氣。

242

初 Co1 音 Jam1 未 Mei6 來 Loi4

日本語

初音ミク

Hatsune Miku

借用形式

「初音未來」借用日文漢字「初音」，將「ミク」意譯成「未來」。

形◐ — 音 — 意◐ — 改

港式日語例句

二〇一九年初音未來快閃店登陸香港，現場不但有展覽區，還有限量周邊商品發售。

日語例句

先月初音ミクの無料オンラインコンサートが開かれた。

上個月舉行了初音未來的免費線上演唱會。

日文「初音未來」是 Crypton Future Media 研發的音樂軟件。這個甜美造型的虛擬女歌手可以唱多種音色及不同類型的歌曲。二〇〇七年開始銷售後，購買軟件的消費者可以自由用她的形象作曲並上網與別人分享，掀起創作熱潮。「初音未來」有中文版，香港也有不少粉絲。二〇〇九年開始「初音未來」到世界各地舉行巡迴演唱會。二〇一九年來香港開演唱會，先用幾句廣東話向粉絲打招呼，勁歌熱舞令粉絲看得如癡如醉。「初音未來」開創了虛擬歌手先河，日本已故歌手美空雲雀在人工智能的幫助下重現螢光幕。中國台灣已故歌手鄧麗君也在人工智能的幫助下，與現代歌手同台演唱，令粉絲感動不已。

243

制 Zai3 霸 Baa3

日本語

制覇

seiha

借用形式

借用日文「制覇」全部漢字，將「覇」轉寫成「霸」。

形●—音—意—改

港式日語例句

【香港的日與夜——制霸香港攝影比賽】作品招募。

日語例句

彼は世界で初めて五大陸の最高峰を制覇した。

他是有史以來第一位登上世界五大洲最高山峰的人。

日文「制霸」有兩個意思：一、打敗其他廠商，壟斷市場，例如：任天堂の世界制霸政略；二、贏得比賽，例如：NBAを制霸；三、理想實現，例如：日本最高峰「富士山」を制霸。香港借用後出現在：一、比賽，例如：香港挑戰盃高峰制霸晉終極決戰；二、旅遊資訊，例如：香港澳門攻略完全制霸；三、書籍，例如：《絕對制霸英文》；四、航空公司，例如：〇〇航空公司制霸！香港飛東京$700；五、拉麵，例如：制霸拉麵；六、經濟，例如：新經濟制霸戰；七、手錶，例如：瑞士〇〇手錶強勢制霸；八、甜品，例如：甜品文化制霸會；九、飲品；台灣人愛喝的手搖飲一路紅到制霸香港；十、理想實現；一個香港人制霸全日本四十七個都道府縣。

244

San[1] 新 Zok[3] 作

日本語

新作

shinsaku

借用形式

「新作」借用日文全部漢字。

形●—音—意—改

港式日語例句

香港單車運動員○○○最新作已經出版。

日語例句

今年村上春樹の長編小説の新作が発表された。

今年村上春樹發表了長篇小說的新作。

日文「新作」指新的作品，而「最新作」是強調最新的作品。香港借用後，出現在：一、電子遊戲，例如：大熱足球遊戲最新作即將推出；二、動畫，例如：○○系列動畫最新作；三、漫畫，例如：某漫畫家最新作即將推出；四、電影，例如：康城電影節香港新作入圍；五、小說，例如：某作家最新作很受歡迎。六、遊戲，例如：大富翁即將推出新作；七、畫集，例如：《香港景搜》系列新作正式出版；八、明星，例如：○○○最新作下月上映；九、運動鞋，例如：○○品牌升級新作長距離跑鞋；十、音樂專輯，例如：《十二新作》是歌手○○推出的第十二張個人專輯。

245

Waa[6] **話** Tai[4] **題** Zok[3] **作**

日本語 話題作

wadaisaku

借用形式

「話題作」借用日文全部漢字。

形● —音 —意 —改

港式日語例句

日劇迷必睇話題作《忒修斯之船》超感人。

日語例句

芥川賞受賞の話題作がついに映画化された。

獲得芥川賞的話題作終於拍成電影。

日文「話題作」指成為城中熱話的作品。香港借用後，出現在：一、動漫，例如：最近話題作《咒術迴戰》接班《鬼滅之刃》；二、歌曲，例如：這首歌成為今年最熱門歌曲真是令人讚賞的話題作；三、電影，例如：這部科幻話題作內地票房高達四十一億；四、書籍，例如：這本書是超強話題作；五、服飾，例如：女裝人氣話題作正式上架；六、電視劇，例如：日劇迷必睇話題作；七、遊戲軟件，例如：任天堂話題作《世界遊戲大全五十一》將登場；八、運動鞋，例如：這款運動鞋是持續人氣話題作；九、飲食界，例如：這部電影中的菜式都成了飲食界的話題作。

246

空 Hung[1] 耳 Ji[5]

日本語 空耳 soramimi

借用形式

「空耳」借用日文全部漢字。

形●—音—意—改

港式日語例句

外國人說廣東話常發生空耳現象，例如：去街市說「菜心唔該」被空耳為「除衫唔該」。

日語例句

私を呼ぶ声が聞こえたと思ったが、空耳だった。

我以為有人叫我，原來是幻聽。

日文「空耳」本來是幻聽的意思，但是一九九二年朝日電視台節目《塔摩利俱樂部》裡的環節「空耳アワー」（空耳時間）播出將外語歌曲的詞語「誤聽」為日文一些很搞笑的詞語。從此「空耳」多了一個「誤聽」的意思。香港借用後出現在：一、政府廣播的越南語：「bắtđầu từ nay」，被香港人空耳為「北漏洞拉」；二、日本餐廳店員說「irasshaimase」，被香港人空耳為「二奶生孖蛇」；三、香港人在公車上擁擠不堪，跟身旁的乘客說：「你挨我，我挨你，多辛苦」被空耳為「你愛我，我愛你，多幸福」；四、《幪面超人》主題曲第一句「Se Ma Ru Shokkaa」被空耳為「蛇麻嚕傻㗎。」

247

定 Ding6 番 Faan1

日本語

定番 teiban

借用形式

「定番」借用日文全部漢字。

形●　音　意　改

港式日語例句

那間日本商店的人氣定番是不同尺寸的收納盒。

日語例句

このレストランに行ったらショーロンポーを注文するのが定番だ。

去那家餐廳，一定要吃招牌小籠包。

日文「定番」指：一、經典款式服裝，例如：ハイネックのセーターにチェック柄のタイトスカートは冬の定番コーデ（高領毛衣和格子裙是冬天經典穿搭）；二、不能錯過的食物，例如：オムライスは子供たちの定番人気の洋食メニュー（蛋包飯是受小孩歡迎的經典西餐）；三、固定習慣，例如：「仰げば尊し」は卒業式の定番ソング（《仰望師恩》是畢業典禮必唱的歌）。香港借用後用於：一、食物：定番人氣品鮑魚；二、衣服：定番T恤；三、書籍：《新定番大人着365 days穿搭》；四、酒：定番日本酒；五、鞋：限量經典定番運動鞋；六、日用品：定番款鎖匙包；七、固定習慣：冬季定番——滑完雪去泡溫泉。

248

特典

Dak6 特 Din2 典

日本語 特典 tokuten

港式日語例句

凡買滿 $1000，會員專享絕版特典。

日語例句

このクレジットカードを使うと特典が多い。

這張信用卡有很多優惠。

日文「特典」指對會員／報名者／顧客的特別優惠。香港使用「特典」的地方在：一、遊戲軟件，例如：任天堂舉辦「新年特典」活動，凡購買遊戲軟件盒裝版公司貨，即可換領特典遊戲卡盒；二、VCD，例如：飄零燕特典；三、會員，例如：某日本公司將實行新修訂的會員特典制度；四、留學諮詢活動，例如：可獲特典日本留學獎學金。

借用形式

「特典」借用日文全部漢字。

形● 音 意 改

249

花嫁

Faa[1] Gaa[3]

日本語

花嫁

hanayome

借用形式

「花嫁」借用日文全部漢字。

形● 音 意 改

港式日語例句

花嫁是每位女生最重要的時刻。我們的花藝師會為你設計一個獨一無二的花球。

日語例句

母は私の花嫁姿を見て思わず涙を流した。

我媽媽看到我穿婚紗時就哭了起來。

日文「花嫁」指新娘，而「花嫁姿」指新娘的打扮。香港「花仔」、「花女」兩個詞都跟結婚有關，所以香港「花嫁」這個詞借入後，有關結婚的廣告近年大量使用，例如：花嫁展、花嫁專門店、花嫁系列產品、花嫁髮型、花嫁花球。這個詞慢慢普遍化，有香港歌曲專輯命名《花嫁》。報章及網絡上出現這個詞的頻率越來越高。有些花嫁雜誌每年會選出最受歡迎攝影師、創意佈置大獎、星級新娘化妝師，給準新郎新娘參考。日文「花婿」指新郎，香港出現這個詞比較少，可能是因為新郎沒有新娘那麼愛打扮吧。

250

Zeoi[6]
贅
Zaak[6]
沢

日本語

贅沢

zeitaku

借用形式

「沢」是「澤」的日本漢字。中文「贅沢」借用日文全部漢字。

形●—音—意—改

港式日語例句

剛吃了一個贅沢午市定食，除了高級和牛，還有厚切牛舌。

日語例句

これはシェフが新鮮な素材を贅沢に使った料理だ。

這是主廚不理價錢，使用高級新鮮食材來做的菜。

日文「贅沢」指「豪華版／高級」，例如：成人豪華版大人の贅沢マスクプレミアム（成人豪華版／成人高級面膜）、贅沢極み鍋コース（豪華火鍋套餐）。香港出現「贅沢」都是有關日本的食品，可分為七類：一、料理，例如：神戶牛贅沢套餐、贅沢三色吞拿魚丼；二、飲品，例如：贅沢二十世紀梨果汁、贅沢咖啡；三、零食，例如：贅沢士多啤梨朱古力棒、贅沢無添加雜果仁；四、糕餅，例如：贅沢朱古力卷、贅沢朱古力曲奇；五、日用品，例如：贅沢成人四層口罩、贅沢保濕紙巾；六、美容用品，例如：贅沢美肌面膜、贅沢美化妝水；七、寵物食糧，例如：贅沢狗罐頭、濕貓糧（贅沢帶子）。

251

福袋

Fuk1 Doi2

日本語

福袋

fukubukuro

去過日本旅遊的人都知道，日本各大公司在新年（一月一號）假期後開市時都會賣「福袋」。「福袋」的價錢一般都略高，但是裡面的幾件東西都是好東西，所以吸引很多顧客購買。其實有一個不明文的規矩，就是消費者不可以預先看「福袋」裡面的產品，所以打開時有驚喜，這就是買「福袋」的樂趣。而香港商店推出的「福袋」的驚喜是「便宜」，例如：迎春零食福袋 $68、新年福袋原價 $800（現售價 $400）。

借用形式

「福袋」借用日文全部漢字。

形●—音—意—改

港式日語例句

香港疫情越來越嚴重，有義工向居民派發快速測試套裝及抗疫福袋。

日語例句

お正月に有名デパートの福袋を買うのが毎年楽しみだ。

每年都很期待新年的時候在名牌店買福袋。

252

Gik[6]

極

Soeng[6]

上

日本語

極上

gokujō

日文「極上」指「頂級」，用來形容最好的食物、飲品、用品。香港借用後用來形容來自不同原產地的產品：一、日本，例如：極上諸白純米大吟釀；二、中國內地，例如：極上蒲燒鰻魚；三、西班牙，例如：極上西班牙黑毛豬；四、中國台灣，例如：極上玄米綠茶；五、美國，例如：極上和牛西冷。香港有不同食品商用「極上」形容產品，例如：極上一級鮑魚、極上鮑魚蝦籽麵、極上臘腸、極上醬油、極上龍蝦油。又用「極上」做廣告，例如：極上大吞拿魚腩限時優惠、壽司極上特選、炭燒極上牛舌定食。有雜貨店叫「極上香港」，有健康食品專賣店叫「極上優質食品」。

借用形式

「極上」借用日文全部漢字。

形●—音—意—改

港式日語例句

今天下午茶吃了「極上壽司定食」，覺得很滿足。

日語例句

極上の牛肉を使ったすき焼きは最高にうまい。

用非常優質的牛肉來做的壽喜燒好吃得不得了。

253

劇 Kek6 場 Coeng4 版 Baan2

日本語 劇場版 gekijōban

日文「劇場」指表演戲劇、電影、舞蹈等的建築物。而在電視上看到的世界名著改編的卡通片通常都叫做「世界名作劇場」，因為把電視機當作「劇場」，例如：トラップ一家物語（仙樂飄飄處處聞）。日本很多受歡迎的漫畫都會製作成「電視版」，例如：《叮噹》每年暑假都會推出「劇場版」（電影版），父母可以帶孩子去戲院觀看。香港可以看到很多日本動漫的「劇場版」，例如：二〇二二年香港粉絲可以看到《劇場版咒術迴戰 0》、《劇場版角落小夥伴》。改編自漫畫的日劇《昨日的美食》，亦有「劇場版」。有些受歡迎的「劇場版」不能在香港放映，但是在 Amazon Video 開戶交費便可以看到。

借用形式

「劇場版」借用日文全部漢字。

形● — 音 — 意 — 改

港式日語例句

《劇場版紫羅蘭永恆花園》在日本成為票房冠軍，在香港亦有很多粉絲到戲院捧場。

日語例句

原作のコミックと劇場版は内容が違うことが多い。

原作漫畫和劇場版的內容往往不一樣。

254

初回限定版

Co1 Wui4 Haan6 Ding6 Baan2

日文「初回限定版」指首次出產數量很少的商品，大致分兩種：一、相關的內容、款式、贈品都是「普通版」所沒有的。例如：漫畫、音樂專輯的**DVD**、遊戲軟件、買牛仔褲送**T**恤；二、試用裝，價錢比較便宜，例如：防曬乳。香港借用這種促銷手法後，「初回限定版」出現在：一、**DVD**，例如：○○○（廿一世紀演唱會香港站）初回限定版；二、模型，例如：香港情懷經典車仔檔《初回限定版》；三、遊戲，例如：○○初回限定版遊戲同捆特典；四、漫畫：初回限定版附送小冊子。

日本語 初回限定版 shokai genteiban

借用形式

「初回限定版」借用日文全部漢字。

形●—音—意—改

港式日語例句

上網可以平價買到修護精華唇膏液（初回限定版）。

日語例句

初回限定版のDVDには著者のサインが付いている。

初回限定版包括作者親筆簽名。

255

別 Bit6 注 Zyu3

日本語 別注 betchū

日文「別注」是「特別注文」的省略，「注文」即「訂做」。「別注」其實指商家以不同理由推出特別設計的商品，例如：運動鞋、服裝、飲品、日常用品都有「別注版」。東京奧運會舉行前，有很多不同設計師及品牌為東京奧運會特別製造各式各樣的產品。香港借用後出現的詞有：別注、限量別注、別注版、別注升級版。「別注」有時以「地方＋別注」的形式出現，例如：香港別注限定版、日本別注版香港行貨保養。又以「原因＋別注」表示為何特別設計，例如：〇週年別注系列、新年別注版、別注限定聯乘產品。別注產品有：香港倉頡碼別注版鍵盤、香港別注版登山用品、LEGO 春節別注版等。香港有些雜誌出版附有禮品的別注版，價錢只是比普通版貴一點，因為禮品精美所以很受歡迎。例如：下期《X Magazine》別注版隨書附上人氣卡通大浴巾。

借用形式

「別注」借用日文全部漢字。

形●—音—意—改

港式日語例句

我剛買了黑色半透明卡面的別注版八達通。

日語例句

このスケートボードは別注版なので高価だ。

這款滑板是別注版，所以價錢昂貴。

256

Jyun4 Zou2

元祖

日本語

元祖

ganso

日文「元祖」本來指「始祖」，用來形容人。後來發展用來形容：一、第一家出售某種食品的專門店，例如：「元祖親子丼の店」（第一家親子丼專門店）；二、第一代在市面上出售的產品，例如：「元祖ガンダム」（第一代高達）；三、原創的食品，例如：「元祖鶏ガラスープ」（原創雞骨湯拉麵）。香港商家都借用以上三種用法來做宣傳，例如：一、元祖沾麵專門店（第一家沾麵專門店）；二、元祖 miffy（第一代米菲兔）；三、元祖冰皮月餅（原創的一種月餅）；四、元祖高達（第一代高達）；五、日清元祖雞仔麵、日清元祖雞仔麵風味炒麵；六、復刻元祖灰色運動鞋。由以上例子可見，「元祖」的意思是：第一家、第一代、原創。

借用形式

「元祖」借用日文全部漢字。

形● —音 —意 —改

港式日語例句

我喝過元祖波子汽水，但是沒有吃過元祖山葵八爪魚。

日語例句

ここは元祖とんかつラーメンで有名な店だ。

這家店以元祖豬排拉麵有名。

257

Miu5 **秒** Saat3 **殺**

日本語

秒殺

byōsatsu

日文「秒殺」有幾個意思：一、在格鬥比賽中瞬間擊敗對手；二、在網絡遊戲中極速贏得勝利；三、在搶購時，能成功買到價廉物美的貨品；四、立即殺死蟑螂；五、立即消滅病毒；六、快速學會技巧。香港除了第一個意思之外都借用了。一、搶購，例如：特價秒殺產品限量搶購；二、遊戲，例如：網民力捧秒殺這個手機遊戲；三、蟑螂，例如：阿媽飛撲秒殺小強；四、病毒，例如：秒殺 COVID 19 護膚口罩；五、技巧，例如：極速秒殺英文記憶法。香港出現很多有關「秒殺」的詞，例如：限時秒殺、限數秒殺、快閃秒殺、秒殺優惠、秒殺精選、秒殺價、秒殺開箱、秒殺區等。

借用形式

「秒殺」借用日文全部漢字。

形● 音 意 改

港式日語例句

限量秒殺優惠！最低五折。

日語例句

コンサートチケットは秒殺で完売したそうだ。

據說演奏會的門票瞬間賣完了。

258

始動 (Ci[2] Dung[6])

日本語

始動

shidō

日文「始動」指開始，例如：エンジンが始動した（引擎開動了）。「再始動」指再開始，例如：バンドが再始動した（樂隊重新復合演出）。香港借用後，出現在：一、活動，例如：暑期活動正式始動；二、計劃，例如：學生交流計劃始動；三、減價，例如：夏日Summer Sales始動；四、優惠，例如：超市優惠始動；五、動漫，例如：《鬼滅之刃》落幕、《刀匠村篇》始動；六、電影，例如：漫畫真人化電影拍攝始動；七、預購，例如：手機殼香港始動。香港借用「再始動」後出現：桌上遊戲香港預訂再始動、樂隊重組再始動。

借用形式

「始動」借用日文全部漢字。

形●—音—意—改

港式日語例句

「夢想始動市集」舉行兩天，召集人希望藉此次市集鼓勵香港創業人士始動實現夢想。

日語例句

大型プロジェクトがようやく始動した。

大規模的項目終於開始了。

259

醍 醐 味

Tai^{4} Wu^{4} Mei^{6}

日本語

醍醐味

daigomi

日文「醍醐味」指享受到真正的樂趣，例如：冬キャンプの醍醐味は満天の星が見られることだ（冬天露營看見滿天星星就是最大的樂趣）。香港借用後，出現在：一、食物，例如：那間餐廳能做出肉燥飯的醍醐味；二、生活，例如：他過簡樸生活，享受生活的醍醐味；三、工作，例如：能夠跟同事合作愉快就是工作的醍醐味；四、遊戲，例如：跟其他玩家一起冒險，就是這個遊戲的醍醐味；五、調味品，例如：選用合適的醬油可以煮出醍醐味的菜式；六、電影，這部電影要多看幾次，才會出現醍醐味；七、書籍，例如：《建築學的十四道醍醐味》。

借用形式

「醍醐味」借用日文全部漢字。

形● — 音 — 意 — 改

港式日語例句

我是村上春樹的粉絲，去到日本他所提到的地方就是我旅行的醍醐味。

日語例句

旅の醍醐味は本場の名物料理が食べられることだ。

旅行最大的樂趣就是能夠嚐到當地最地道的名菜。

260

Oi3 Jung6 Ze2

愛用者

日本語

愛用者

aiyōsha

日文「愛用者」指某品牌的忠實客戶。日本有很多消費者在準備購買商品前，喜歡收集用家意見，所以商家便利用「口碑行銷」促銷。而「愛用者」便成為常見廣告用語。香港商家也喜歡用這種手法行銷，所以借用「愛用者」，例如：VIP愛用者，先要成為會員，可享回饋計劃。香港用「愛用者」作為廣告出現在：一、愛用者推薦，例如：愛用者見證、愛用者分享特輯、愛用者心得交流餐會；二、愛用者人數，例如：超過兩百萬愛用者、深受數十萬愛用者喜愛；三、名人效應，例如：影星由愛用者到代言人、這個超模就是○○品牌愛用者；四、專家效應，例如：○○權威也是愛用者；五、改良產品，例如：向愛用者進行測試對試用品後，根據反饋做出終極產品；六、時間，例如：從試用者到愛用者已經五年。

借用形式

「愛用者」借用日文全部漢字。

形●—音—意—改

港式日語例句

寄回愛用者保證卡申請書，可獲精美禮品。

日語例句

父は今でもガラケーの愛用者です。

我父親到現在還是舊式手提電話的愛用者。

261

Zyu3 **注** Muk6 **目** Dou6 **度**

日本語 注目度 chūmokudo

日文「注目度」指令人關注的程度。香港借用後，出現不同的程度：注目度第一、注目度No.1、超高注目度、注目度最高、注目度十足、注目度百分之百、有一定注目度、注目度提升、注目度不夠高、注目度減少、注目度較低。「注目度」出現在：一、服裝，例如：一秒提升注目度！時尚套裝幫你打造個人獨特品味；二、運動員，例如：奧運後，香港代表隊的注目度十足；三、品牌，例如：廣告有助於提升品牌注目度；四、歌手，例如：她們是注目度最高的雙人組合；五、明星，例如：這個明星淡出後，其受注目度亦相繼減少；六、動畫，例如：動畫注目度Best Ten結果公佈；七、電影，例如：這部電影在各地影展注目度超高。

借用形式

「注目度」借用日文全部漢字。

形● 音 意 改

港式日語例句

我們一起評點今年注目度最高的辦公室電腦用品。

日語例句

豪華キャスト出演のこのドラマは注目度が高い。

這個演員陣容超強的連續劇令人注目。

262

Ceot[1] **出** Mut[6] **沒** Zyu[3] **注** Ji[3] **意**

日本語

出没注意

shutsubotsu chūi

日文用「動物出沒＋注意」作為警告標誌，叫大家注意危險動物。北海道有熊，所以安裝「熊出沒注意」警告牌，後來這個標誌被商家利用，變成商標出產T恤、拉麵等商品。中文的詞序本是「注意＋動物出沒」，香港漁農處也在郊野公園安裝「注意野豬出沒」提示牌。香港直接借用日文的結構：一、商品廣告，例如：【熊出沒注意！】萬勿錯過俏皮熊服裝；二、食品推介，例如：榴槤控出沒注意！必去榴槤餐廳；三、電視節目，例如：《學神出沒注意》；四、報章標題，例如：【狐出沒注意！】萌狐暫居海洋公園；五、書籍，例如：《豚出沒注意！鯨豚保育者的海陸空體驗》。

借用形式

「出沒注意」借用日文全部漢字。

形● 音 意 改

港式日語例句

【粉紅色控出沒注意！】本店粉紅色系列服飾，可以幫你打造出甜美可愛感。

日語例句

恐竜博物館に恐竜出没注意と書かれていた。

恐龍博物館裡寫著恐龍出沒注意。

263

史上初

Si2 Soeng6 Co1

日本語 史上初 shijōhatsu

日文「史上初」指「有史以來第一次」，例如：「日本映画史上初アカデミー賞・作品賞ノミネート」（日本電影有史以來第一次獲奧斯卡最佳影片獎提名）。這種誇張的說法成為廣告用語，例如：「USJ作品史上初の**4D**シアター・ショー」（**Hunter Hunter** 是有史以來第一次 **4D** 劇場演出）。香港借用後，出現在：一、護膚品，例如：史上初真空面膜；二、啤酒，例如：史上初無糖無酒精啤酒；三、汽水，例如：史上初櫻花味可樂；四、歌手，例如：史上初點播歌手空前紀錄；五、眼鏡，例如：史上初頂級工藝眼鏡；六、杯麵，例如：史上初抹茶味杯麵；七、嬰兒車，例如：購物型雙向嬰兒手推車史上初登場。香港也借用類似的說法「世界初」，例如：控油保濕世界初成分技術。

借用形式

「史上初」借用日文全部漢字。

形● 音 意 改

港式日語例句

史上初！香港直航日本東北山形縣莊內機場包機啟航。

日語例句

彼らは史上初の父と息子親子二代で金メダルを獲得した。

他們有史以來首次父子兩代都獲得金牌。

264

Zyut6 **絶** Zaan3 **贊**

日本語

絶賛

zessan

日文「絶賛」的意思是讚不絕口，通常用來形容：非常美麗的風景、非常好的演技、運動員出色的表現、非常滋味的食物等。香港借用後，用來形容：一、風景，例如：日本京都絶贊美景；二、食肆，例如：絶贊港式茶餐廳；三、音樂，例如：卡農絶贊CD；四、表現，例如：絶贊的演技；五、食物，例如：絶贊和牛壽司。日文「絶賛」經常以「絶賛……中」的形式表示某些活動在一片好評之下進行，例如：絶賛発売中。借用此形式的香港例子有：最新商品絶贊發賣中、《海邊的異邦人》在香港絶贊上映中。

借用形式

「絶贊」借用日文全部漢字，將「賛」轉寫成「贊」。

形●—音—意—改

港式日語例句

每天堅持運動，對保持身心健康有絶贊效果。

日語例句

当店特製のクッキーを絶賛発売中です。

正在發售本店特別製作非常受歡迎的餅乾。

265

Siu[2]
小
Ngaan[4]
顏

日本語

小顏

kogao

日文「小顏」指「小臉」。現代大眾普通認為「小顏」才是美，所以很多人千方百計要將自己的臉變小。香港的美容院及商品除了用「V面」、「瘦面」這些詞之外，還借用了「小顏」來做廣告。借用後，出現在：一、矯正術：小顏整骨術、小顏定位術、啪骨都可以將面部骨頭恢復原位，骨縫縮小後臉會變小；二、化妝品：小顏三色眼影、拉提小顏蜜粉、小顏精靈棒都可以打造出小顏妝容；三、髮型：小顏剪、髮型瘦面法都會顯臉小；四、口罩：外科小顏口罩。

借用形式

「小顏」借用日文全部漢字。

形●音　意　改

港式日語例句

我去做小顏矯正要花很多錢，不如參加小顏矯正師認證課程，畢業之後不但可以自己做矯正，還可以做小顏矯正師賺錢，真是一舉兩得。

日語例句

写真を撮るとき彼女は小顔になるよう角度に気をつけている。

我女朋友拍照時注意角度，可以把臉拍得小一點。

266

Dak[1] 德 Jung[6] 用

日本語 **徳用** tokuyō

日文「德用」或「お徳用」（お是美化前綴）印在日本產品的包裝上用來表示「家庭裝」、「經濟裝」。在香港翻譯的情況有兩種：一、直接用「德用」，例如：德用減肥茶、德用超立體醫療用三層口罩、德用朱古力棒、德用濃口豉油、德用魷魚、德用防水膠布、德用日本米；二、包裝上寫「德用」，但用中文解釋為「家庭裝」或「經濟裝」，這都屬於意譯。例如：百力滋家庭裝、Kit Kat黑朱古力家庭裝、日本家庭裝雪糕、日本樂天鬆脆批家庭裝、日本家庭裝二十一穀米、出前一丁家庭裝新版、日本消毒濕紙巾家庭裝、日本保健茶瘦身經濟裝減肥茶、日本保健茶經濟裝薑黃茶。更有的意譯為「家庭經濟裝」，例如：宇治抹茶朱古力家庭經濟裝、日本鋁箔錫紙家庭經濟裝。

借用形式

「德用」借用日文全部漢字，將「徳」改成「德」。

形● 音 意 改

港式日語例句

這種日本德用即沖麵豉湯真划算，二十包才賣$50，我要多買一些。

日語例句

パーティー用にお徳用のスナックを買った。

我為開派對買了家庭裝的零食。

267

提案

Tai4 On3

日本語

提案

teian

中文與日文「提案」的意思都是「在會議上提出要討論或處理的建議」。日文「提案」的第二個意思是「對生活方式的建議」，例如：「健康な食生活提案」（對健康飲食生活的建議）、夜のおかず提案（對晚餐煮甚麼菜的建議）、新しい「健康乳酸菌生活」の提案（乳酸菌對健康生活的建議）。香港借用「生活提案」之意後，出現在：一、網站，例如：生活提案事務所；二、家居用品店，例如：生活提案 $400 禮券；三、書籍，例如：《北歐式的自由生活提案》；四、文章標題，例如：解悶提案；五、廣告，例如：聖誕禮物提案。

借用形式

「提案」是中日「同形異義詞」，借用日文指「對生活方式的建議」的意思。

形—音—意—改

港式日語例句

我看了《給孩子的悅讀提案》之後，學會了怎樣培養女兒閱讀的樂趣。

日語例句

当社は持続可能なダイエットの方法を提案します。

本公司會給你持續減肥法的建議。

268

Gaau3 教 Sat1 室

日本語 教室 kyōshitsu

日文「教室」有四個意思：一、指學生上課的房間；二、指非正式課程名稱；三、指學習活動；四、指機構名稱。一的用法跟中文的意思相同，不過香港人不說「教室」，會說「班房」或者「課室」，書面語則多用「課室」，少用「教室」。而二、三、四的用法在日文中相當普遍，香港同時都借用了，例如：二、香港出現：烹飪教室、攝影教室、瑜珈教室；三、香港有：電子教室（科學館特別為學校設計的一系列趣味習作及學習活動）；四、香港有補習社叫天才教室。

借用形式

「教室」是中日「同形異義詞」，借用了日文裡指「非正式課程名稱、學習活動、機構名稱」的意思。

形 — 音 — 意 ⓪ — 改

港式日語例句

香港青年協會領袖學院舉辦了一個活動叫「環球領袖線上教室」，邀請世界各地的領袖分享他們寶貴的經驗。

日語例句

彼は料理教室で習ったことがあるので料理が上手い。

他上過烹飪班，所以很會煮飯。

269

新 品
San[1] Ban[2]

日本語 新品 shinpin

日本商店通常在「新貨」上架時用「新品」標明，來提高消費者的購買慾。香港的商店也借用了這種推銷手法。出現的形式有：一、「新品＋動詞」，例如：新品上市、新品速遞；二、「修飾語＋新品」，例如：美妝新品、女士新品；三、「修飾語＋新品＋動詞」，例如：最初秋新品上架、新春夏新品現已登陸。

借用形式

「新品」借用日文全部漢字。

形● 音 意 改

港式日語例句

全新手機到港，廠商宣佈將於明天舉行新品發佈會。

日語例句

この商品は中古品ですが、新品同様です。

雖然這件商品是二手貨，但是跟新的一樣。

270

單品

Daan[1] 單 Ban[2] 品

日本語 単品 tanpin

港式日語例句

本店為各位顧客推薦五款流行秋冬單品。

日語例句

ここのレストランは単品よりセットの方が断然安い。

這家餐廳的套餐絕對比單點便宜。

日文「単品」指單獨一種商品。香港借用後：一、用於服飾指不是套裝而是單件的服飾，例如：每一件單品無論是單穿或做層次穿搭都適合；二、用於食物指不是套餐而是單點的食物，例如：各種單品料理優惠；三、用於咖啡指單一款式和來源，例如：本店提供五款單品咖啡；四、日用品指單一種用品，例如：家電單品八折。

借用形式

「單品」借用日文漢字「品」，再將「単」轉寫成「單」。

形● — 音 — 意 — 改

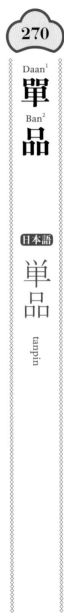

271

景 品

Ging² Ban²

日本語 景品 keihin

日文「景品」指通過抽獎、遊戲、夾娃娃等活動，或者是隨附在購買的商品以及服務上面，所獲贈的「非一般販賣且無官方定價之物品」。由於這些贈品中最受歡迎的都是人氣漫畫、動漫、電子遊戲 **Figure**，所以香港人認為這些 **Figure** 就是「景品」。香港借用後出現的「景品」有：日本景品、景品公仔、日本景品公仔等新詞。其實這些「景品」進口到香港後，用現金也可以買到。

借用形式

「景品」借用日文全部漢字。

形● — 音 — 意 — 改

港式日語例句

弟弟很喜歡去景品自動販賣機玩，希望夾到最喜歡的景品。

日語例句

ただ今豪華景品が当たるキャンペーンを実施中です。

我們正在舉辦一項有機會獲贈豪華獎品的優惠活動。

272

Zung[1] 中 Gu[2] 古 Ban[2] 品

日本語

中古品

chūkohin

日文「中古品」指「二手貨」，包括：二手樓、二手車、二手名牌服飾、二手电子遊戲等。香港有些女士專程去日本買中古名牌手袋。有人專程去日本買二手書，但是二手書屬「古本」，不屬於「中古品」。香港人借用後，出現：中古店二手名牌、中古手錶專門店、中古遊戲店、汽車中古店。

借用形式

「中古品」借用日文全部漢字。

形● —音 —意 —改

港式日語例句

爺爺每天都跟幾個老朋友去中古店尋寶。

日語例句

カメラの中古品を買うなら新宿のあの店がお勧めです。

你要買二手相機的話，我推薦新宿那家。

大〇〇（二）

Daai6

我們在「大〇〇」系列（一）常見語法結構中介紹了香港不但借用這些日文「大〇〇」的詞組，而且借用「大〇〇」出現在句末的結構（請見本書第 097 頁的語法結構「大〇〇（一）」。在「大」系列（二），我們繼續介紹新興語法結構。

273

大搜查

Daai6 Sau2 Caa4

日本語 大搜查 dai-sōsa

日文「大搜查」指警方大規模的搜查，例如：日本電視劇《踊る大搜查線》，後來有飲食節目叫《京都・味の大搜查線リターンズ》。香港借用後出現：香港美食大搜查。

借用形式

借用漢字「大搜查」，也借用日文「大〇〇」出現在句末的用法。將「搜查」轉寫成「搜查」。

形● 音 意 結構※

274

大 發 現

Daai^{6} Faat^{3} Jin^{6}

日本語 大発見 dai-hakken

日文「大発見」本來指找到前人所沒有見過的事物、地方或道理。用在雜誌標題時多用來介紹一些秘訣、公眾人物的秘密、鮮為人知的地方等，例如：世界の財宝大発見。香港按照中文的習慣把「大発見」寫成「大發現」，比如：地底世界大發現。

借用形式

借用日文「大〇〇」出現在句末的用法。將「発見」轉寫成「發現」。

形◐｜音｜意｜結構

275

大 招 募

Daai^{6} Ziu^{1} Mou^{6}

日本語 大募集 dai-boshū

我們在「大」系列（一）中介紹了「大募集」借到香港的情況。「大募集」可以指徵求人才，也可以指徵求物資或意見，但後來徵求人才時「大募集」被說成「大招募」，例如：人才大招募。這算是香港創造的新詞。

借用形式

借用「大〇〇」出現在句末的用法。將「募集」意譯成「招募」。

形｜音｜意◐｜結構

276

大特集

Daai[6] Dak[6] Zaap[6]

日本語 大特集 dai-tokushū

日文「大特集」指為某個主題而出版的特輯，例如：夏休み自由研究大特集。香港借用後出現：暑假作樂大特集。慶祝週年的「大特集」往往加上時間詞，例如：本出版社為了答謝讀者過去十年的支持，出版十週年大特集。

借用形式

借用日文漢字「大特集」，也借用日文「大〇〇」出現在句末的用法。

形● 音 意 結構 ☆

○見

Gin3

「○+見」是日語獨有的語法結構，表示「欣賞當時的良辰美景」。日語的語序是「主語+賓語+動詞」，所以「○+見」其實就是中文的「見+○」，因為中文的語序是「主語+動詞+賓語」，所以香港借用「○+見」之後往往會加上名詞，變成「○+見+名詞」，例如：「雪見大福」、「月見烏冬」、「花見櫻餅」。

277

月見

Jyut6 Gin3

日本語 月見 tsukimi

「月見」指中秋月圓時，一面吃應節食品，一面賞月。香港借用後出現：「月見花火祭——中秋市集」、月見日本料理、月見牛肉味噌湯配白飯。

借用形式

將「○見」語法結構和組合漢字「月」一同借過來。

形● 音 意 結構★

278

花 見

Faa[1] Gin[3]

日本語

花見

hanami

「花見」指櫻花盛開時，一面吃應節食品，一面欣賞櫻花。香港借用後出現：花見日本料理、花見蛋糕。有介紹香港賞花地方專欄的標題叫「任意行——香港花見」。

借用形式

將「〇見」語法結構和組合漢字「花」一同借過來。

形●—音—意—結構★

279

雪 見

Syut[3] Gin[3]

日本語

雪見

yukimi

「雪見風呂」指在寒冬露天風呂泡溫泉，同時喝酒來欣賞雪景。香港借用後出現：雪見料理、雪見美人鍋、雪見巧克力、雪見多士。

借用形式

將「〇見」語法結構和組合漢字「雪」一同借過來。

形●—音—意—結構★

○○ Soeng2 賞

日文「賞」（しょう）指獎賞，例如：「ノーベル賞」（諾貝爾獎）、「一等賞」（比賽的冠軍）、「受賞小説」（得獎小説）。

香港的商家借用「○○賞」這個語法結構來表示「大優惠」，刺激消費者購買商品。而日文「○○賞」並沒有「大優惠」的意思，所以香港自創「○○賞」的新詞沒有相應的日文詞。

這些香港創作的「購物賞」有不同的賣點：一、激賞：日文「激賞」是讚賞人或作品，但沒有「大激賞」的說法。香港用「激賞」來表示優惠，「大激賞」來表示大優惠；二、日日賞：沒有時間限制，每天都有優惠；三、消費賞：市民用政府給的消費券買東西，就給予優惠。

280

Gik1 激 Soeng2 賞

日本語 （無）

「激賞」出現的形式是前面加：一、時限：本週激賞；二、地方：網購激賞獎上獎；三、付款方式：信用卡美食餐飲大激賞；四、產品：電子產品大激賞。五、金額：「激賞」後加詞：激賞祭、激賞優惠、激賞大放送、激賞大集合。

借用形式

借用「○○賞」這種語法結構後加上自創本地的組合詞「激」。

形 ― 音 ― 意 ― 結構★

281

Jat⁶ 日 Jat⁶ 日 Soeng² 賞

日本語 （無）

「日日賞」指每天都有優惠。最早是指八達通每天回贈的優惠。給予日日賞的機構還有：一、互聯網服務供應商；二、超級市場；三、餅店；四、餐廳。另外，有學校推行「奮進日日賞」計劃。

借用形式

借用「○○賞」這種語法結構後加上自創本地的組合詞「日日」。

形 | 音 | 意 | 結構 ★

282

Siu¹ 消 Fai³ 費 Soeng² 賞

日本語 （無）

「消費賞」指使用政府派發的消費券在某商場使用，顧客可以獲得多種優惠。例如：一、消費回增；二、送優惠券；三、換領精美禮品；四、免費泊車。

借用形式

借用「○○賞」這種語法結構後加上自創本地的組合詞「消費」。

形 | 音 | 意 | 結構 ★

○○燒（二）

Siu[1]

我們在「燒」系列（一）介紹了一些借用「燒」的常見例子的構詞方式（請見本書第112頁語法結構「○○燒（一）」）。在「燒」系列（二），我們將介紹一些新興的例子。日本有很多「○○燒き」的食物，香港只是借用「○○燒」，將「き」省略。日本「○○燒」的命名方式有很多，例如：一、以用火槍燒焦表面而命名的「炙燒」；二、以材料命名的「玉子燒」；三、以進行烹調的地方命名的「爐端燒」。

283

爐端燒

Lou[4] Dyun[1] Siu[1]

日本語　炉端焼き　robatayaki

日本前首相特地請美國前總統吃「爐端燒」，由此可見這種燒烤食物的方式頗具日本風味。廚師在四方形的烤爐前面，燒客人點的食物，客人可以看到燒烤過程。一燒好廚師便用木槳送給客人，客人可以即時吃到。

借用形式

將「○○燒」語法結構與組合漢字「炉端」一同借過來。將「炉、燒」轉寫成「爐、燒」，再刪除「き」。

形●　音　意　結構★

284

炙燒

Zek3 Siu1

日本語 炙り焼き aburiyaki

炙燒是用火鎗快速烤食物，燒焦表面，使味道更鮮美。香港有炙燒三文魚壽司、炙燒和牛、炙燒豚肉丼、炙燒明太子牛角包等。

借用形式

將「〇〇焼」語法結構與組合漢字「炙」一同借過來。將「焼」轉寫成「燒」，再刪除「き」。

形 ● 音 意 結構 ★

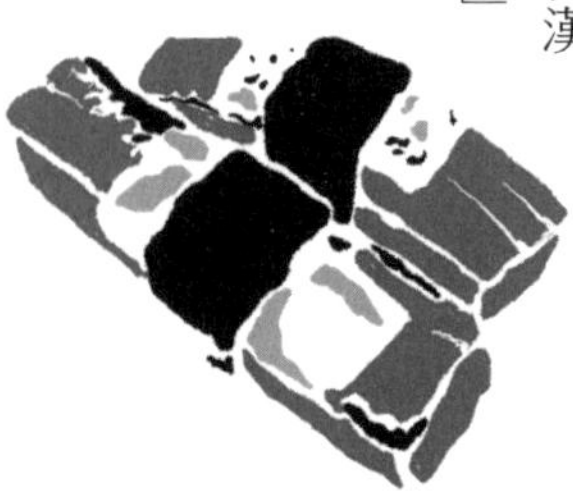

285

玉子燒

Juk6 Zi2 Siu1

日本語 玉子焼き tamagoyaki

做「玉子燒」要將蛋漿倒入玉子燒煎鍋，凝固後捲起，重複幾次，推壓定形，煎至外層成金黃色固體。

香港有二十釐米的厚燒玉子，還有加上芝士、蟹籽、榴槤、鵝肝、泡菜等配料的玉子燒。

借用形式

將「〇〇焼」語法結構與組合漢字「玉子」一同借過來。將「焼」轉寫成「燒」，再刪除「き」。

形 ● 音 意 結構 ★

○○一族

Jat1 Zuk6

「○○一族」與「○○族」一樣都指「擁有共同屬性的某種群體」。香港先借用了上班族、銀髮族、御宅族（見常見語法結構「○○族」）。後來日本小說改編的電影《華麗一族》、《犬神家一族》在香港很受歡迎，所以香港又借用「○○一族」這種語法結構。從語法的角度看，「○○族」的「族」是類後綴，不能單獨使用，而「○○一族」的「一族」是詞組，類似「一家」，可單獨使用。不過在香港，兩者的用法很類似。「族」、「一族」都可以用在○○後面，例如：上班族／上班一族。「一族」的例子還有單身一族、高危一族等。香港借用「○○一族」這種語法結構後，加上本地的組合詞，所以沒有相應的日文詞。

286

打工一族

Daa2 Gung1 Jat1 Zuk6

日本語（無）

香港先借用日文「通勤族」，然後將「通勤」意譯成「上班」，出現「上班族」。後來借用「○○一族」的構詞法，同時加上本地的組合詞，出現：「上班一族」、「打工一族」、「打工仔一族」。

借用形式

借用「○○一族」這種語法結構後，加上本地的組合詞「打工」。

形｜音｜意｜結構★

287

高 Gou1 危 Ngai4 一 Jat1 族 Zuk6

日本語（無）

「高危一族」分為：一、慢性病高危一族（長期病患）；二、疫症高危一族（長期病患、長者、小孩、沒打疫苗）；三、自殺高危一族（情緒病患）；四、下肢勞損（老師、廚師、侍應、售貨員）。

借用形式

借用「○○一族」這種語法結構後，加上本地的組合詞「高危」。

形—音—意—結構★

288

養 Joeng5 生 Sang1 一 Jat1 族 Zuk6

日本語（無）

中文和日文「養生」的意思都是保養身體。香港借用日本「○○一族」的語法結構後自創「養生一族」，一、指一群長者，例如有一個為長者而製作的電視節目叫《養生一族》；二、各年齡層人士，例如有一個香港健康食品品牌叫「養生一族」，強調產品適合男女老幼食用。

借用形式

借用「○○一族」這種語法結構後，加上本地的組合詞「養生」。

形—音—意—結構★

○○風

Fung1

日文「風」是類後綴，跟前面的成分一起構成複合詞。日本時裝雜誌經常用「○○風」來將不同風格的服裝分類，例如：レトロ風（復古風）、リゾート風（度假風）、キャンパス風（校園風）等。有些日本時裝雜誌的香港版直接採用「○○風」。香港的實體及網上時裝店也借用「○○風」來將衣服分類。這種構詞方式慢慢發展出本土化的新詞，例如：時尚風、睡衣風、男孩風、闊太風。近年已經發展到「四字＋風」的構詞方式，例如：成熟甜美風、簡潔俐落風、甜美可愛風等。甚至出現「六字＋風」的構詞方式，例如：美麗優雅姐姐風。

289

復古風

Fuk6 Gu2 Fung1

日本語 レトロ風

retoro-fū

「復古風」在日文裡叫「レトロ風」或「復古調」。「レトロ」來自英文 retro，即復古。香港翻譯為「復古風」，借用後出現：復古風恤衫、復古風腕錶、復古風新遊戲等。

借用形式

將「○○風」語法結構借過來後，意譯「レトロ」成「復古」。

形 — 音 — 意 ◐ — 結構 ★

290

Wan6 運 Dung6 動 Fung1 風

日本語 （無）

日文表示運動服飾時會多用「スポーティ」（sporty）或「アウトドア」（outdoor）。香港借用「○○風」的構詞方式後，出現：男士日系運動風短褲、韓國運動風束腳褲、夏日涼感運動風穿搭、運動風婚紗相。

借用形式

將「○○風」語法結構借過來後，加上本地組合詞「運動」。

形 — 音 — 意 — 結構★

291

Ho2 可 Oi3 愛 Fung1 風

日本語 可愛い風 kawaii-fū

日文「可愛い風」用來形容打扮成可愛女生的產品。香港翻譯為「可愛風」，出現：日本可愛風穿搭、韓國製可愛風上衣、可愛風 Cafe、手繪可愛風布袋。還有：甜美可愛風粉紅色穿搭、全新可愛風格設計的多啦 A 夢口罩。

借用形式

將「○○風」語法結構借過來後，同時借用日文「可愛い」並刪除「い」。

形● — 音 — 意 — 結構★

〇〇控 Hung[3]

「〇〇控」的「控」來自日文「コン」kon，屬於音譯。「控」是心理學所說的 complex，日文翻譯為 konpurekkusu，簡稱「kon」。中文翻譯為「情意結」。例如：mother complex，日文翻譯為「マザコン」mazakon（mazā：母親；kon：情意結），中文翻譯為「戀母情結」。

後來日本人看到一本英文小說《Lolita》，內容是一個中年男人迷戀小女孩 Lolita 的故事。因為受這本小說的影響，所以日文「kon」又多了一個意思，那種迷戀美少女的男人稱為「ロリコン」rori-kon（rori：Lolita 的簡稱）。香港把 rori-kon 音譯成「蘿莉控」。

香港後來把「控」當作「迷戀」，所以借用「〇〇控」的構詞法，並發展到「指對某種人、事、物癡迷的人」，例如：御姐控（對成熟女人癡迷的男生）、大叔控（對中年男人癡迷的女生）、攝影控（對攝影癡迷的人）、音樂控（對音樂癡迷的人）、餃子控（對餃子癡迷的人）、文具控（對文具癡迷的人）等。

292 蘿 Lo4 莉 Lei6 控 Hung3

日本語 ロリコン rorikon

日文rori-kon是指迷戀美少女的男人。香港人翻譯為「蘿莉控」，但是香港有些「蘿莉控」的對象不但是現實世界的美少女，有些也是漫畫、動漫、電子遊戲裡面的美少女。有些人自嘲是「蘿莉控」，也有傳媒以「蘿莉控」作為報導的標題，例如：蘿莉控畫家舉辦畫展。有網店以蘿莉控相關商品作為賣點。

借用形式

借用「〇〇控」結構後，音譯「ロリ」成「蘿莉」。

形 — 音● — 意 — 結構★

293 御 Jyu6 姐 Ze2 控 Hung3

日本語 （無）

日文「姉」是「姐」的異體字。日文「御姉」指娘娘腔的男人，而「姉御」指成熟穩重的女人。香港借用「御姉」的字體＋「姉御」的意思，並將「姉」改成「姐」。「御姐控」的意思是對成熟女人癡迷的男生。香港的用法有：一、御姐控測試；二、御姐控的福氣；三、你猜「蘿莉控」還是「御姐控」比較多呢？

借用形式

借用「〇〇控」結構後，加上本地組合詞「御姐」。

形 — 音 — 意 — 結構★

294

Daai6 大 Suk1 叔 Hung3 控

日本語（無）

日文沒有「大叔控」相對應的詞。香港自創新詞「大叔控」，指對中年男人癡迷的女生，例如：大叔控自白，大叔控成為戀愛潮流。另外，香港的「大叔控」又指喜愛年紀較大的男演員的女生，例如：大叔控必看！香港娛樂圈有哪些極有才華的大叔？

借用形式

借用「○○控」結構後，加上本地組合詞「大叔」。

形｜音｜意｜結構★

295

Dung6 動 Maan6 漫 Hung3 控

日本語（無）

「動漫控」指極度熱愛動漫的人。香港「動漫控」會：一、緊貼日本流行動漫；二、搶購動漫相關產品；三、將最新動漫資訊供諸同好。傳媒喜歡用這個詞來做標題，例如：動漫控注意、來自ACG動漫控的精彩文章、推薦動漫控必到的地方。

借用形式

借用「○○控」結構後，加上本地組合詞「動漫」。

形｜音｜意｜結構★

296

Fo[2] Wo[1] Hung[3]

火鍋控

日本語（無）

「火鍋控」也是香港自創新詞，指極度喜歡吃火鍋的人。香港有人一年四季都喜歡吃火鍋。各間火鍋店都有不同賣點，例如：一、五種湯底：花膠黃油雞、肉骨茶、四川麻辣、沙嗲、龍蝦黑松露芝士；二、極平湯底：龍蝦火鍋湯底只賣 $1；三、外賣火鍋套餐；四、特價火鍋配料：龍蝦鮑魚海鮮拼盤只賣 $98。

借用形式

借用「〇〇控」結構後，加上本地組合詞「火鍋」。

形—音—意—結構★

○○系 Hai[6]

日文和中文的「○○系」都指聯屬關係，例如：太陽系、銀河系、日文系、中文系。日文有些「○○系」用來形容人、打扮、生活態度、治癒，這是中文裡沒有的，例如：佛系、治癒系、山系、視覺系。因為中文已經有這種「○○系」類後綴的詞語，所以比較容易接受上述的日文詞。香港人借用日文詞後，更借用「○○系」的構詞法，發展出一些港式新詞。

297 山 Saan[1] 系 Hai[6]

日本語 （無）

日本人稱喜歡爬山的女人為「山ガール（girl）」。香港人借用「○○系」的構詞方式，將其翻譯成「山系女」後，也造了「山系男」一詞。行山露營人士所穿著的，最好防水、透氣、防蚊、保暖等。慢慢「山系男」、「山系女」甚至要求穿得有型，所以出現「山系穿搭」及「山系品牌」等。香港人喜歡行山，所以出現山系雜誌、書籍、電視旅遊節目、資訊。山系男女也愛打扮，香港有本地品牌的山系服裝。

借用形式

翻譯「山ガール」時借用「○○系」語法結構自創新詞「山系女」。後來「山系」可以單獨使用。

形 — 音 — 意 — 結構★

298

視覺系

Si6 Gok3 Hai6

日本語 ヴィジュアル系 vijuarukei

日文「ヴィジュアル系」本來是搖滾樂的一種表演方式，樂手打扮前衛。香港人借「視覺系」來形容潮人的音樂、時尚服飾、髮型、化妝。日本視覺系搖滾樂團 LUNA SEA 來香港舉行三十週年演唱會，有不少粉絲捧場。香港亦有以視覺系形象打扮的年輕人及搖滾樂團。香港有人喜歡視覺系，有人不喜歡。

借用形式

將「〇〇系」語法結構借過來後，意譯「ヴィジュアル」成「視覺」。

形—音—意◐—結構★

299

治癒系

Zi6 Jyu6 Hai6

日本語 癒し系 iyashikei

中文「治癒」指疾病痊癒，而日本指透過人、事、物，內心舒暢，心靈得到醫治。日本「治癒系」的演員、歌手、音樂、廣告、動畫、電影、電子遊戲、小說等都成為心靈雞湯。香港借用後有甜品店叫「治癒菓子店」。香港又發展出一個作為形容詞的用法，例如：「好治癒」，表示很愉快。

借用形式

借用「〇〇系」語法結構後，將組合漢字「癒」意譯成「治癒」。

形—音—意◐—結構★

300

佛系

Fat^{6} Hai^{6}

日本語

（無）

日本雜誌《non-no》曾用「仏男子」來指對異性沒興趣的男人。「仏」是「佛」的日本漢字。香港人借用「〇〇系」的構詞方式，把「仏男子」翻譯成「佛系男」。香港人自創新詞「佛系」來表示對一切人、事、物保持被動的生活態度，相信緣份到，門便會開。對這種看法：一、有人批評，例如：失去拼搏精神，隨緣太消極；二、有人欣賞，例如：佛系媽比虎媽好；三、有人用來搞笑，例如：佛系男與肉食女是絕配。

借用形式

借用「〇〇系」語法結構後，加上「佛」字。

形—音—意—結構★

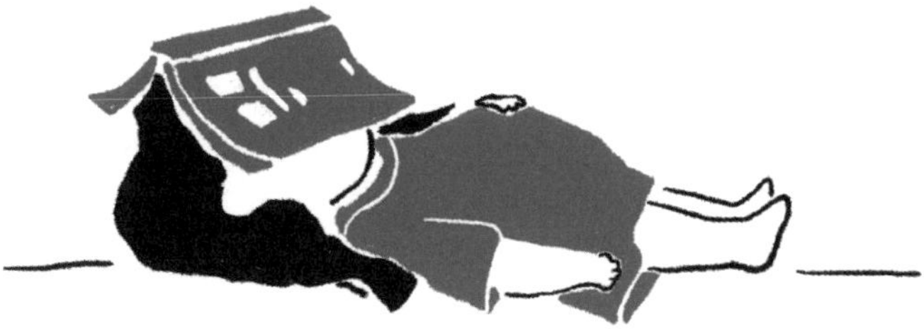

301 ● 人
豬突猛進 ／ 日本語 猪突猛進
勇猛向前邁進

302 ● 地方
穴場 ／ 日本語 穴場
鮮為人知的景點、店舖食肆

303 ● 日常
一生懸命 ／ 日本語 一生懸命
竭盡所能

304 ● 日常
大人味 ／ 日本語 大人の味
適合成年人口味的東西

305 ● 日常
社畜 ／ 日本語 社畜
自嘲是公司的奴隸

306 ● 日常
大喜利 ／ 日本語 大喜利
原指壓軸戲，現指綜藝節目中的搞笑環節

307 ● 日常／卒業／日本語 卒業

原指畢業，現指離開自己的圈子獨自發展

308 ● 日常／卒婚／日本語 卒婚

老夫老妻沒有離婚，但是各自生活

309 ● 日常／婚活／日本語 婚活

準新郎新娘籌備婚禮

310 ● 日常／終活／日本語 終活

在人生終結前先寫遺囑、準備喪禮等

311 ● 日常／洒落／日本語 洒落

有型、有氣質

312 ● 日常／殺必死／日本語 サービス（service）

公司給予顧客優惠或特別招待粉絲的活動

313 ● 日常／集氣／日本語 気を集める

打氣、加油

314 ● 日常／積讀／日本語 積読

買的書堆積如山卻不去看

315●飲食／味玉／日本語　味玉

溏心蛋

316●飲食／蒲燒／日本語　蒲焼

把去骨的魚切開後，淋上調味料，串上竹籤去燒烤，例如蒲燒鰻魚

317●飲食／吟釀／日本語　吟醸

高級日本米酒

318●飲食／油揚／日本語　油揚げ

日本油炸豆腐皮

319●飲食／唎酒／日本語　利き酒

品評日本酒的優劣

320●飲食／替玉／日本語　替え玉

（在拉麵店）加麵

321●飲食／萌斷面／日本語　萌え断

食物切成一半後出現美麗的斷面，例如：三文治

322 ●娛樂

配信

日本語 配信

發佈多媒體產品或訊息

323 ●娛樂

後援會

日本語 後援会

支持偶像的粉絲組織

324 ●廣告

太鼓判

日本語 太鼓判

公司推薦、可靠保證

325 ●廣告

水玉

日本語 水玉

實心圓點構成的圖案

326 ●廣告

柄

日本語 柄

布料款式

327 ●廣告

入荷

日本語 入荷

入貨

328 ●廣告

品切

日本語 品切

缺貨

329 ●廣告

受付

日本語 受付

接待、處理

330 ●廣告

恒例

日本語 恒例

公司慣常舉行的活動

附錄二　港式日語借用形式

我們搜集三百個港式日語詞的原文包括：日文漢字、平假名、片假名、日文羅馬字，和製英語。這些詞大致可分為借詞／詞組和借語法結構兩種：

其一，借詞／詞組：分十大類，再分二十九小類（有七個重複：1.6=3.9，2.2=3.10，2.3=4.1，2.4=4.3=6.2，2.6=7.2，4.2=9.2）。其二，借語法結構：分九類。

我們把三百個詞的借用形式用以下八種符號標示：

符號	解釋
●	借用日文的全部漢字（全形）、全部語音（全音譯）、全部意思（全意譯）
◐	借用日文的部分漢字（半形）、部分語音（半音譯）、部分意思（半意譯）
✚	多加日文原本所沒有的漢字（加譯）
📎	中文已有這個詞，但借用日文這個詞所指不同的意思（同形異義）
▲	將原文的全部日文改寫成漢語新詞（全改寫）
△	將原文的部分日文改寫成漢語新詞（半改寫）

符號	解釋
★	借用日文獨有的語法結構
☆	借用中日同形異義的語法結構

其一，借詞／詞組分為十大類。

一、全形：借用日文的全部漢字，分以下六小類

	形	音	意	改	解釋	日文	借用後
1.1	●				借用全部日文漢字「太郎」	**太郎**	太郎
1.2	●				借用全部日文漢字「駅」（中文漢字用「驛」）	**駅**	駅
1.3	●				借用部分日文漢字「贅」＋借用部分日文漢字「沢」（中文漢字用「澤」）	**贅沢**	贅沢
1.4	●				借用日文漢字「替店」＋將日文漢字「両」改成「兩」	**両替店**	**兩替店**
1.5	●				借用平假名「の」	**の**	**の**

	形	音	意	改	解釋	日文	借用後
1.6	●	●			借用全部日文漢字「丼」+借用日文讀音「don」	丼	丼

二、半形：借用日文部分漢字，分以下六小類

	形	音	意	改	解釋	日文	借用後
2.1	◐				將日文漢字「顔値」改成「顏值」+刪除「面偏差」	**顔面偏差値**	**顏值**
2.2	◐	●			將日文「弁当」(bentō)音譯成「便當」，日文漢字「弁」音譯成「便」+將「当」轉寫成「當」	**弁当**	**便當**
2.3	◐	◐			借用日文漢字「壁」+音譯片假名「ドン」(don)成「咚」	**壁ドン**	**壁咚**
2.4	◐	◐	◐		借用日文漢字「名」+意譯日文漢字「探偵」成「偵探」+音譯片假名「コナン」(Konan)成「柯南」	**名探偵コナン**	**名偵探柯南**
2.5	◐		◐		將日文漢字「寿」改成「壽」+借用日文字「司」+意譯「酢」成「醋」	**寿司酢**	**壽司醋**

	形	音	意	改	解釋	日文	借用後
2.6	◐		✚		借用日文漢字「招」＋刪除假名「き」＋把「招」的對象「財」加上去＋將日文漢字「猫」改成「貓」	招き猫	招財貓

三、全音：借用全部日文發音，分以下十小類

	形	音	意	改	解釋	日文（語音）	借用後
3.1		●			將日文片假名「トロ」（toro）音譯成「拖羅」	トロ	拖羅
3.2		●			將日文平假名「がんばって」（ganbatte）音譯成「奸爸爹」	がんばって	奸爸爹
3.3		●			將日文漢字「畳」（tatami）音譯成「榻榻米」	畳	榻榻米
3.4		●			借用日文羅馬字「irasshaimase」語音和拼寫	いらっしゃいませ	irasshaimase
3.5		●			借用源自日文「コスプレ」（kosupure）的和製英語「cosplay」的語音和拼寫	コスプレ	cosplay
3.6		●			借用源自日文「円」（en）的和製英語「yen」的語音和拼寫	円	Yen

	形	音	意	改	解釋	日文（語音）	借用後
3.7		●			借用和製英語「Office Lady」縮寫「OL」的語音和拼寫	OL	OL
3.8		●			借用源自日文片假名「カラオケ」的和製英語「karaoke」，將它翻譯成漢字「卡拉」和英文「OK」	カラオケ	卡拉OK
3.9	●	●			借用日文漢字「丼」＋借用日文讀音「don」	丼	丼
3.10	◐	●			將日文「弁当」（bentō）音譯成「便當」，日文漢字「弁」音譯成「便」＋將「当」轉寫成「當」	弁当	便當

四、半音譯：借用部分日文發音，分以下三小類

	形	音	意	改	解釋	日文（語音）	借用後
4.1	◐	◐			借用日文漢字「壁」＋音譯片假名「ドン」（don）成「咚」	壁ドン	壁咚
4.2		◐		▲	改寫「鉄腕」成漢字「小飛俠」＋音譯片假名「アトム」成「阿童木」	鉄腕アトム	小飛俠阿童木

	形	音	意	改	解釋	日文（語音）	借用後
4.3	◐	◐	◐		借用日文漢字「名」＋意譯日文漢字「探偵」成「偵探」＋音譯片假名「コナン」（Konan）成「柯南」	**名探偵コナン**	**名偵探柯南**

五、全意譯：翻譯全部日文意思，分以下兩小類

	形	音	意	改	解釋	日文	借用後
5.1			●		意譯平假名「おしん」成「阿信」	**おしん**	**阿信**
5.2			●		意譯片假名「ドラゴンボール」成「龍珠」	**ドラゴンボール**	**龍珠**

六、半意譯：翻譯部分日文意思，分以下兩小類

	形	音	意	改	解釋	日文	借用後
6.1	◐		◐		借用日文漢字「味噌」＋意譯「汁」成「湯」	**味噌汁**	**味噌湯**
6.2	◐	◐	◐		借用日文漢字「名」＋意譯日文漢字「探偵」成「偵探」＋音譯片假名「コナン」（Konan）成「柯南」	**名探偵コナン**	**名偵探柯南**

七、加譯：翻譯全部日文的意思後多加漢字，分以下三小類

	形	音	意	改	解釋	日文	借用後
7.1			✚		片假名「ホワイトデー」來自 white + day，意譯「白色節」+多加漢字「情人」	ホワイトデー	白色情人節
7.2	◐		✚		借用日文漢字「招」+刪除假名「き」+把「招」的賓語「財」加上去+將日文漢字「猫」改成「貓」	招き猫	招財貓
7.3			✚	◭	將日文「コアラのマーチ」改寫成「熊仔餅」+加譯公司名稱「樂天」	コアラのマーチ	樂天熊仔餅

八、全改寫：全部改寫日文的意思，只有以下一小類

	形	音	意	改	解釋	日文	借用後
8.1				▲	「座頭市」電影改編自日本作家子母澤寬的小說。香港翻譯成「盲俠」屬於全部改寫	座頭市	盲俠

九、半改寫：翻譯部分日文的意思，分以下兩小類

	形	音	意	改	解釋	日文	借用後
9.1			✚	◭	將片假名「コアラのマーチ」（樹熊的遊行）改寫成「熊仔餅」後，又多加公司的名稱「樂天」	**コアラのマーチ**	**樂天熊仔餅**
9.2		◐		◭	改寫「鉄腕」成漢字「小飛俠」＋音譯片假名「アトム」成「阿童木」	**鉄腕アトム**	**小飛俠阿童木**

十、同形異義：只有一小類

	形	音	意	改	解釋	日文	借用後
10.1			📎		借用日文「教室」指「非正式課程名稱、學習活動、機構名稱」三個意思	**教室**	**教室**

其二，借語法結構分為九類。

	形	音	意	結構	解釋	日文	借用後
1				✸	「〇〇一族」這個語法結構指「擁有共同屬性的某種群體」。香港借用「〇〇一族」這種語法結構後加上本地自創的組合詞，所以沒有相應的日文詞，如「養生一族」	（沒有相應的日文）	養生一族
2	●			✸	「和〇」的「和」指日本，這個語法結構是日文獨有的。中文將語法結構和組合的漢字一同借過來	和牛	和牛
3		●		✸	「〇〇コン（kon）」這個語法結構是日文獨有的。中文將語法結構和組合詞「ロリ（rori）」的語音一同借過來，將它音譯成漢字「蘿莉控」	ロリコン	蘿莉控
4			●	✸	「〇〇焼」這個語法結構是日文獨有的。中日異形漢字「焼」轉寫成「燒」，再刪除「き」。意譯「たこ」成「章魚」	たこ焼き	章魚燒
5			◐	✸	「〇〇系」這個語法結構是日文獨有的。將「〇〇系」語法結構借過來後，意譯「ヴィジュアル」成「視覺」	ヴィジュアル系	視覺系

	形	音	意	結構	解釋	日文	借用後
6	◐		✚	★	「〇燒」這個語法結構是日文獨有的。中文將語法結構和組合的漢字「鯛」一同借過來後加譯「魚」，再刪除「き」，中日異形漢字「焼」轉寫成「燒」	**鯛焼き**	**鯛魚燒**
7	●			☆	「大〇〇」中日文的語法結構相似，但用法不同。中文借用語法結構和組合的漢字。「大公開」借用中日同形漢字，也借用日文「大〇〇」出現在句末位置的特色	**大公開**	**大公開**
8	◐			☆	「大〇〇」中日文的語法結構相似，但用法不同。中文借用語法結構和組合的漢字，將「発見」轉寫成「發現」。也借用日文「大〇〇」出現在句末位置的特色	**大発見**	**大發現**
9			◐	☆	「大〇〇」中日文的語法結構相似，但用法不同。中文借用語法結構，把「大募集」意譯成「大招募」（主要用於徵求人才）。也借用「大〇〇」出現在句末位置的特色	**大募集**	**大招募**

港式日語

香港日文大搜查，懷舊、日常、新興300例！

編著……片岡 新　李燕萍

策劃統籌……鄭海檳
責任編輯……郭　楊
書籍設計……吳冠曼
插　　畫……任媛媛
書籍排版……楊　錄
校　　對……栗鐵英
協　　力……張艷玲　陳喬煒

出　　版……三聯書店（香港）有限公司
香港北角英皇道四九九號北角工業大廈二十樓
Joint Publishing (H.K.) Co., Ltd.
20/F., North Point Industrial Building,
499 King's Road, North Point, Hong Kong

香港發行……香港聯合書刊物流有限公司
香港新界荃灣德士古道二二〇至二四八號十六樓

印　　刷……美雅印刷製本有限公司
香港九龍觀塘榮業街六號四樓A室

版　　次……二〇二三年七月香港第一版第一次印刷

規　　格……三十二開（130×190 mm）二七二面

國際書號……ISBN 978-962-04-5161-4